Kontaktadresse nach EU-Produktsicherheitsverordnung:
produktsicherheit@fischerverlage.de

Dieter Fortes außergewöhnliches Buch ist kein Roman, kein Sachbuch und kein Essay, aber vielleicht alles zusammen und mehr: eine poetische Geschichte der Bilder und Bücher, des Lesens und Schreibens, des menschlichen Miteinanders im Lauf der Jahrhunderte. Das alles vor dem Hintergrund der alten europäischen Kulturstadt Basel, in der Dieter Forte seit vier Jahrzehnten lebt – eine Stadt der Künstler und Denker, der Drucker, Kupferstecher und Alchimisten, der Kaufleute und Bankiers, der Wissenschaftler und Narren. Sie kommen aus der Tiefe der Vergangenheit, verweilen vor dem Auge des Lesers, verwickeln ihn in ein Gespräch der großen Fragen und Antworten: Was ist der Mensch? Was macht er mit seiner Zeit – und was die Zeit mit ihm?

Dieter Forte, 1935 in Düsseldorf geboren, lebt heute in Basel. Seiner hochgerühmten Romantrilogie »Das Haus auf meinen Schultern« folgte der Roman »Auf der anderen Seite der Welt«, mit dem seine »Tetralogie der Erinnerung« abgeschlossen ist. Als Theaterautor gelang ihm mit »Martin Luther & Thomas Münzer oder Die Einführung der Buchhaltung« ein Welterfolg, dem weitere Dramen, erfolgreiche Fernsehspiele und preisgekrönte Hörspiele folgten. Dieter Forte erhielt zahlreiche Literaturpreise, zuletzt den Hans-Erich-Nossack-Preis, den Grimmelshausen-Preis und den Niederrheinischen Literaturpreis. Über seine Arbeit gibt Auskunft der Materialienband »Es ist schon ein eigenartiges Schreiben …«, herausgegeben von Jürgen Hosemann.

Weitere Informationen, auch zu E-Book-Ausgaben, finden Sie bei www.fischerverlage.de

Dieter Forte

Das Labyrinth der Welt

Ein Buch

FISCHER Taschenbuch

2. Auflage

Druck und Bindung: BoD – Books on Demand GmbH,
Norderstedt, Germany
ISBN 978-3-596-19656-2

für Marianne

Noch fehlte ein Wesen, edler als die Tiere
und eher als sie befähigt zu hohen Gedanken,
da trat der Mensch in die Welt,
und während die anderen Wesen
gebeugt zu Boden blickten,
trug er sein Antlitz hoch erhoben
und sein Gesicht betrachtete stolz die Sterne.
OVID, *Metamorphosen, In der Verbannung*

Man kann über die Torheit sagen, was man will,
nur ihr verdanken die Götter und die Menschen
das helle Gelächter.
ERASMUS, *Das Lob der Torheit, Zu Basel*

Die Wahrheit zählt zu den schönsten Erfindungen
des Menschen.
MARKUS LÜPERTZ, *Kunstakademie Düsseldorf*

I Das verlorene Paradies

Da wird es immer größer und ich breite es immer breiter und heller aus, das Ding wird im Kopf wahrlich fast fertig, wenn es auch lang ist, so dass ich's hernach mit einem Blick gleichsam wie ein schönes Bild oder einen hübschen Menschen im Geist übersehe, und es auch gar nicht nacheinander, wie es danach kommen muss, in der Einbildung höre, sondern wie gleich alles zusammen.

W. A. MOZART

Vorstellungen von Zeit und Abfolge können im Geist des Autors gar nicht existieren, weil kein zeitliches oder räumliches Element die ursprüngliche Vision bestimmt hat. Die ideale Möglichkeit, einen Roman zu erfassen, besäßen wir, wenn der Geist nach Belieben vorgehen und ein Buch so lesen könnte, wie das Auge ein Gemälde wahrnimmt, das heißt, wenn man nicht unbedingt von links nach rechts gehen müsste und sinnloserweise einen Anfang und ein Ende brauchte, wenn man also das Werk wahrnehmen könnte, wie sein Verfasser es in dem Augenblick sah, als es in ihm zu keimen begann.

V. NABOKOV

Doch der Größere bei diesem Buch bist du, mein Leser. Du willst schnell vorwärtskommen, aber dieses Buch ist langsam. Du liebst die gradlinige, pralle Erzählung, aber dieses Buch macht Umwege, schaut nach rechts und links, überlegt, denkt nach und lacht darüber.

MACHADO DE ASSIS

In der dunklen Nacht
wenn die Tage vorbei
das Licht erloschen
das Leben erzählt
bleibt die Geschichte der Menschen
das Wunder des Erschaffenen
ein langes atemloses Schreiben
mit geschlossenen Augen
in der dunklen Nacht.

Die Nacht, in der keine Zeit war, nicht das Rauschen des Meeres und des Windes, in der nur die Nacht war, nicht der Schrei eines Tieres oder der Ruf eines Menschen, nur das Eis und das Feuer, in der Stille der Nacht, die ohne Licht war und ohne Zeit.

In der Dunkelheit ein Ton, anhaltend und gleichmäßig, der Klang einer erwachenden Welt, stark und jubilierend, und in der Dämmerung eine Stimme, aus der Tiefe in die Höhe steigend, ausdauernd und unbeugsam, eine zweite Stimme, die erste umspielend, andere Stimmen, kontrapunktisch in immer neuen Variationen, viele Stimmen, ein Chorus, ein Hymnus, sich findend in harmonischer Vollendung am hellen Tag der Welt.

Das Bild aus der Vorzeit, Urerinnerung des Menschen: Himmel und Erde, Wasser und Land, Sonne und Mond, leuchtende Sterne, hohe Berge, weite Meere, grünende Wiesen, bunte Pflanzen, Bäume mit Früchten, schimmernde Flüsse, dunkle Wälder, Fische und Vögel und die Tiere der Erde unter schwebenden Wolken und einem leichten Wind, der das Gras bewegte und das Wasser, ein in dunklen unfassbaren Zeiten entstandenes Ewigkeitsbild.

Sonne und Mond waren nur Tage und Nächte in steter Wiederholung, wurden zu Sonnenwenden und Mondwechseln und Jahreszeiten, und es begann die Zeit des Menschen, der das Feuer hütete, die Sterne verfolgte, Ebbe und Flut berechnete, die Erde vermaß. Er zog mit den Tieren, bannte sie in der träumenden Dämmerung der Felshöhlen mit Holzkohle, Erde und farbigen Steinen auf felsige Wände, überlebensgroß, in genauen Konturen, malte die Bilder der Jagd, die das sich Überstürzende anhielten und erkennbar machten, erschuf das Bild seiner Welt, das ihm Orientierung war.

Die Bilder, die die Welt darstellten, die das gleichförmige Hell und Dunkel der Zeit zur Lebenszeit machten, wurden zu Ikonen einer vergangenen Verheißung, die der Mensch erinnerungssüchtig verwirklichen wollte. Er grub die Erde um, staute Flüsse durch Dämme, erfand

Bewässerungsgräben, damit der Boden fruchtbar wurde für Saat und Ernte, fing Fische und Vögel in kunstvollen Netzen, bändigte die Tiere und züchtete sie als sein Vieh, beschnitt Bäume und veredelte die Früchte, drang in die Tiefe der Berge vor, verschmolz die Erze mit dem Feuer, berechnete die Sternbahnen und den Lauf der Sonne, baute Schiffe und setzte Segel, um den Wind zu nutzen und die Meere zu befahren, gründete Städte mit hohen Häusern, trieb Handel mit fernen Orten und baute seine Zukunft.

Es offenbarten sich dem Menschen erste Zeichen und Hieroglyphen für die Bilder der Welt, er fand Worte dafür, und ein Blinder, der die Schönheit der Welt nie vor Augen hatte, verband sie in einem großen Gesang, ganz unabgelenkt von dem, was um ihn war, und erschuf die Sprache des Menschen, um seine Geschichte zu erzählen. Denn alle Bilder und Worte versuchen nur die innerste Erinnerung wiederzufinden, die für immer in den Menschen sein wird. Die Welt des Paradieses.

Aber bald gab es Tausende Worte in unzähligen Sprachen, und die Bilder wurden undeutbar in ihren wechselnden Formen.

Die weitererzählenden Bildworte fanden Stimmen, die weissagten und die Wahrheit verkündeten. Patriarchen, die in glühenden, tiefsinnigen Worten die alten Bilder neu erzählten. Bekehrte Geschäftstreibende, die in scheinbar klaren Worten und Beweisen aus der Schrift eine Kirche gründeten. Bärtige Propheten, die in märchenhaften Worten die Bilder heiligten. Prediger, die in Zungen redeten und die Bilder verbannten. Seher, die den Untergang der Welt angstvoll ausmalten, Urgläubige, die ihre Worte als göttlich ausgaben, und alle fanden paradiessuchende Menschen, die den neuen Worten glaubten und den neuen Bildern ergeben waren, sie anbeteten, sie umtanzten, bis ihnen die Sinne schwanden.

Die Sprachbilder wurden überwuchert von Zeichen und Wundern, von dunklen Sprüchen aus alter Zeit, auf Pergamenten in Höhlen entdeckt, immer neu interpretiert und geglaubt, bis jeder in seiner Ratlosigkeit und Verzweiflung seine eigene Predigt hielt, um in seinen Worten das alte Bild der Welt wiederzufinden. Und da man es nicht fand, riss man im Zorn die Bilder der Andersgläubigen von den Wänden der Häuser und Tempel, um sie zu vernichten und zu verbrennen, Segenswünsche wurden zum Fluch, Gebete zur Verdammnis, der Acker zum Schlachtfeld. Es herrschte eine babylonische Sprachenverwirrung, man verbeugte sich vor versteinerten Pharaonen, die im Sturmwind der Wüste ihre hohen Töne sangen, verbeugte sich vor den Gebetsmühlen asiatischer Bergmönche, vor den Blutopferaltären schweigender südamerikanischer Dschungelgötter, vor den tanzenden Masken polynesischer Geister, bis selbst die Götterwelten von Zeus und seinen großmäuligen Nebengöttern nur noch sinnlos wiederholte Mythen waren. Das verlorene, vergessene, vergangene Bild der Welt. Und auch König Arthur konnte mit seiner weitgefahrenen, abenteuerreichen, heldenhaften Ritterschar am großen Tisch in Camelot nicht mehr die Sagen und Märchen und Fabeln deuten, verstand im labyrinthischen Durcheinander der Glaubensworte und Götterbilder die Welt nicht mehr und versank in Einsamkeit, zog sich nach Avalon zurück, um später vielleicht einmal wiederzukehren, wenn alles ein wenig klarer war. Nur noch die Herolde traten auf, verkündeten von alters her dreimal die Wahrheiten der jeweiligen Obrigkeit, und die Barden und die Jongleure, professionelle Geschichtenerzähler, die aus dem Gedächtnis redeten, verwoben die alten Geschichten aus der Mythologie des Menschen mit den neuen Geschichten aus der Historie des Menschen, verknüpften sie zu einem labyrinthischen Bildteppich, der nicht zu deuten war, denn keiner kannte mehr den genauen Ablauf des Geschehenen, keiner kannte mehr die Wahrheit.

Das Buch war ein Labyrinth aus Labyrinthen, die aus Labyrinthen erwuchsen, aus endlosen Mäandern, Spiralen, Kreisen und Linien, deren Ende ein neuer Anfang war. Ariadnefäden aus geheimnisvollen Mustern, in denen alles nah und fern zugleich war, Geburt und Tod, Licht und Finsternis, Welt und Geist. Mosaike und Ornamente, die sich im Auge des Betrachters immer neu zusammensetzten, Fragmente, die das Einzelne und das Ganze umfassten, ohne dass einer bestimmen konnte, was das Einzelne und was das Ganze war. Eine Komposition aus Bildern und Worten, die das Chaos formte in der erfindenden Ordnung des Menschen.

Kostbar gearbeitete Majuskeln verbanden die alten geglaubten Bilder mit den geschriebenen Geschichten der Menschen, führten triumphierend Worte und Sätze an, die die stummen Ikonen umrahmten und mit den Gedanken der Menschen verbanden. Denn das von Menschenhand Geschriebene befragte nun die Welt und interpretierte die alten rätselhaften Bilder, und die Antworten ergaben neue Fragen und neue Gedanken, die man wiederum aufschreiben musste, und nichts existierte mehr ohne das Geschriebene, das Gedachte und neu Gewusste anstelle der nur geglaubten Urgeschichten. Der Mensch wollte alles schwarz auf weiß in einem Buch haben und schrieb nun seine Geschichten selbst, wobei nicht immer alles gut war, denn die in den alten

Farben glühenden Bilder erzählten ihre Mythen weiterhin, so dass manch einer vor Schreck über die neuen Wahrheiten wieder in stammelnde Worte ausbrach. Aber das Geschriebene war in der Welt und ergab eine neue Balance, eine Landkarte der Gleichzeitigkeiten, der erkennenden Veränderungen, des immer wieder neu erforschten Wissens, ergab ein anderes Bild der Welt, die offene Ordnung des gestaltenden Menschen, die nicht mehr unabänderbar war.

Die Labyrintheure waren Spezialisten. Der älteste Miniator entwarf die ineinander verschlungenen Labyrinthe, im Scriptorium malten die Schreiber ihre Buchstaben, die Miniatoren Initialen und Kapitelzeilen, Ellipsen, Oktogone und Rhomben, die den Text umschlossen, ehe die Illuminatoren ihre Miniaturen zeichneten, Rosetten und Palmetten, Fische und Vögel, Drachen, Löwen und seltsames Getier zwischen lesenden und schreibenden Heiligen, und danach erst, in festgelegter Reihenfolge, trugen die Ikonenmaler ihre verschwiegenen Ikonen auf. Gemeinsam zogen sie von Kloster zu Kloster, von Universität zu Universität, um den geheimnisvollen Inhalt der alten Schriftrollen in den neuen Büchern durch ihr Handwerk zu ordnen und mit der einsehbaren Chronik des Menschen zu ergänzen. Seite für Seite stellten sie Korrespondenzen her zwischen den Worten und den Bildern, erfanden Kontraste und Hervorhebungen, gestalteten Übergänge, verbanden Unvereinbares, erschufen Kunstwerke.

Und so entstand aus den alten unverstandenen Glaubensworten, aus den nicht mehr deutbaren Bildern, aus der dunklen Unendlichkeit die helle Zeit des Menschen.

Aus den verstümmelten Bildworten entstand die klare, lebendige, logische und doch so farbige Sprache des Menschen, in schön gestalteten Sätzen, in den nun für immer aufgeschriebenen und wiedergelesenen Geschichten, würdig der alten heiligen Worte, denn die Geschichten der Menschen sind das Leben der Welt, und seine Erzählungen die immer erneute Interpretation.

Geschichten von Völkern und Stämmen, vom Leben in den Städten und auf dem Land, vom Deichbau, vom Schiffbau, von der Sternenkunde, von Abenteuern auf See und zu Land, Bauerngeschichten und Rittergeschichten, Geschichten von schlechten und guten Ernten, von fremden Ländern und Kontinenten und großen Meeren, von unbekannten Völkern und Tieren, von den Träumen der Nacht und den Abenteuern des Tages, von den Sagen und Gebräuchen der Alten, von den Geschäften und Eroberungen der Jungen, Geschichten von Kriegen und Feldzügen und dem ersehnten Frieden in seiner idealen Gestaltung.

Dokumente, Berichte, Erinnerungen, Vorstellungen, Phantasien, Tag- und Nachtträume, Utopien und wissenschaftliche Gedanken, Berechnungen und Landkarten und Baupläne, Aufzeichnungen und Darstellungen des Gewussten und des Gekonnten. All das erschuf den Raum des Menschen, eine Welt, die der Mensch in seiner Sprache erforschte, auf der Suche nach der Wahrheit, die so vielfältig war. Die Sprache wurde ein Spiegel aller Ideen über Gott und die Welt, über Freiheit und Gesetze, Reichtum und Macht, Wahrheit und Lüge, Glaube und Unglaube, Liebe und Hass, Recht und Unrecht, Krieg und Frieden, Gewalt und Mitleid, Ehrlichkeit und Falschheit, Ängste und Lüste, Habgier und Bescheidenheit, ein Spiegel dieser in allen Farben des Lebens explodierenden Menschenwelt.

Und als der Einzelne ein Bild malte, ein Gedicht schrieb, ein Lied sang und stolz und laut und vernehmlich sagte, das ist mein Bild, mein Gedicht, mein Lied, da war aus der in einem Wasser schwimmenden flachen Scheibe der Erde endgültig eine im freien Raum schwebende traumhaft schöne Kugel geworden. Jeder hatte jetzt sein Bild, sein Gedicht, sein Lied von der Welt, und in den Büchern, Seite auf Seite folgend, sah man all die Farben, Buchstaben und Noten, und zusammen ergaben sie ein Muster vom Leben des Menschen. Und kein Gott zürnte, kein Prophet warnte, kein Turm von Babel brach zusammen, die vielen tausend Sprachen hatten Platz in ebenso vielen Büchern und standen in Regalen nebeneinander und ließen sich übersetzen zu einem einzigen Weltenbuch.

Denn jeder Maler, Erzähler, Musikant versuchte unbewusst, in seinen Bildern, Geschichten und Liedern die tief in den Menschen verborgenen alten Bilder mit seinen Kräften, seiner Phantasie und seinen Gedanken noch einmal zu erschaffen: Das Bild der Welt als Paradies, das immer erneut in den Menschen den Wunsch auslöste, es wiederzufinden, in Farben, Worten und Tönen. Damit wandelte sich das Bild, wurde zum Bild des Menschen, so dass keiner mehr sagen konnte, wie das ursprüngliche Bild ausgeschaut hatte. Es gab nun unzählige und ständig sich verändernde Bilder und Geschichten und Lieder, und so ergab die gestaltete Vielfalt Einzelner das neue Bild der Welt.

II Bücher und Bilder

Was unbenannt ist, existiert für uns nicht.
Die Wirklichkeit ist der Schatten des Wortes.
BRUNO SCHULZ, *Die Zimtläden*

Was mich angeht, so kenne ich keine anderen Pfade der Schöpfung als jene, die Schritt für Schritt, das heißt, Wort für Wort, durch den Fortgang des Schreibens selbst gebahnt werden.
CLAUDE SIMON, *Der blinde Orion*

Das sich unaufhörlich ausdehnende Labyrinth der Bücher, ein unvergängliches Universum, das Vergangenheit, Gegenwart und Zukunft des Menschen enthielt, erschuf die Welt durch Worte. Die Welt in der Anschauung zu bilden war die Wahrheit der Bilder, denn ein Bild sieht eine andere Welt als das Wort. Die Sprache liebt die Offenheit der Assoziationen und Reflektionen, die phantasievolle Metamorphose und die logische Analyse, ein Wort erzeugt das andere, und so steigt sie aus dem Nebel der Vorurteile, des Aberglaubens und Unwissens in das Licht der Vernunft und des Verstehens der Welt. Eine Welt, in der als Kontrapunkt die Bilder von Magie und Mythos erzählen, von menschlichen Dunkelheiten, den Gedanken der Nacht und ungelösten Rätseln.

So öffneten sich die alten Bücher immer mit einem Bild, geheimnisvoll, unerklärbar, nicht zu deuten, wie eine Warnung vor den allzu einfachen Worten. Bild und Wort, Mythos und Logos waren noch eins, spiegelten die Welt, denn die Erinnerung und das Wissen entstehen aus dem Zusammenspiel von Bild und Wort.

Schlagen wir die Chronik einer sehr alten Stadt auf, um uns dem Leben der Menschen zu nähern, denn die Stadt ist ihre hervorragendste Erfindung, die allen anderen Erfindungen vorausging, ein Fixstern dieser Welt, ohne Städte keine Bücher und Bilder. Die Chronik enthält auf der ersten Seite eine Ikone der Weltschöpfung, eine Erinnerung an die Vorzeit des Vergangenen, ein Acheiropoieton. Sonne und Mond umkreisen als teuflische Drachen mit feurigem Atem und glühenden Augen eine kleine goldene Erdscheibe in einem silbernen Meer. Auf einer purpurnen Wolke eine helle Stadtmauer, bewacht von Basilisken und Lemuren. Über allem schwebend ein Engel in verblasstem Lapislazuli, wie der Schatten eines Vogels über einer Phantasiewelt. Im Vordergrund eine Marmorsäule neben einer Sphinx, die die Bruchstücke kaum lesbarer Buchstaben in kufischer Schrift bewacht, in der Übersetzung: Die Welt … am Tag des … Finsternis und Verzweiflung … aus der Höhle auf den Berg … das Licht der …

Diese unklare Weissagung war die Pforte zur Erkenntnis, das schwere Tor zum Wissen. Doch es gab auch Neugierige, die das Buch von hinten nach vorne durchstudierten, die Bilder im Buch umgingen, nur den Buchstaben folgten. Man nannte sie die Unbelasteten, später auch die Fortschrittlichen, eine revolutionäre Partei, die die Toten den Toten überließ, um unbehelligt von der leidigen Vergangenheit die glückverheißende Zukunft zu erobern. Die Bildergläubigen, später die Traditionalisten genannt, sahen dagegen das wahre Glück in der Pflege des Alten und empfanden die bedrückende Gegenwart nur als unvermeidbare Nachgeburt der gloriosen Vergangenheit.

Man sollte die Geheimnisse alter Schriften als Geheimnisse bewahren. Sehr oft sind unerwartete Entdeckungen doch allzu unerwartet. Die Weissagung, bisher nur ein Sprachrätsel, verfeindete die Menschen. Manch einer fiel auf die Knie und erstarrte im Gebet, wenige standen aufrecht und dachten nach. Was bedeutet Höhle zu Berg? Fortschritt der Menschheit, sagten die Unbelasteten, Untergang der Welt, sagten die Bildergläubigen. Goldene Erdscheibe in einem silbernen Meer? Das Paradies! Die Insel der Glückseligen! Drachen, Basilisken und Lemuren? Krieg und Pestilenz! Böse Zeiten! Grauenhafte Schrecken! Die einen sahen ein Goldenes Zeitalter, in dem Vernunft und Wissen herrschten, die anderen berechneten über den Stand der Sterne auf dem Bild das Alter des Engels und leiteten davon Tag und Stunde des Weltuntergangs ab. Man verbreitete sich in den unsinnigsten Deutungen. Flugblätter wurden geschrieben, Kupfer gestochen. Utopie wurde zum Lieblingswort vieler, aber die meisten phantasierten von der Apokalypse. Die Welt wurde zum Entwurf in den Köpfen der Menschen, wobei sie wie immer die Dinge allzu sehr nach ihrer Weise deuteten, weit entfernt von ihrem wahren Sinn. Intelligente Staatswesen und großartige Musterstädte wurden geplant, andere entwarfen siebenköpfige Ungeheuer, einstürzende Himmel und tobende Meere, man stritt sich um Schönheit, Wahrheit und Gerechtigkeit, verlor sich in seinen Worten. Überall Ratlosigkeit, was tun? Das Bild verlangte unbedingten Glauben, die Worte stellten Fragen. Einige wollten das Buch verbrennen, andere das Bild verbrennen, aber alles, was man über das Bild wusste, stand in dem Buch, und wenn das Bild im Buch heilig war, war auch das Buch heilig, ein Gegenstand der Verehrung, mit Sorgfalt zu behandeln. Mehr konnte man nicht tun. Man hatte die Überlieferung der Vergangenheit, man teilte mit ihr die Gegenwart, und keiner wusste, auch nicht nach dieser Weissagung, was die Zukunft brachte.

Der erste Mensch, der einen Holzpflock in die Erde schlug, an einer Schnur einen Kreis um den Pflock zog und durch die Teilung des Kreises ein Halbrund und Dreiecke und Vielecke gewann, nannte sich Architekt und wurde wie ein Schöpfer verehrt. Das Wissen bestimmte von nun an den Raum des Menschen, die Zahlen lösten die schicksalhaften Götter ab, wurden zur erklärbaren, verstehbaren Welt des Menschen, zur Ordnung des Gewussten. Die vernünftige Vier löste die göttliche Drei ab, in den vier Himmelsrichtungen Ost, Süd, West, Nord, in den vier Elementen Feuer, Luft, Wasser, Erde, den vier Jahreszeiten, den vier Temperamenten und den vier klassischen Fakultäten der Wissenschaft. Aus dem gleichförmigen Ablauf der Tage und Nächte, der ungezählten Monate und Jahre, entstand die Zeit. Die Aufteilung des unendlichen und ewigen göttlichen Kreises, in dem der Mensch bisher lebte, vermaß das Land, ermöglichte die Städte und die großen Bauwerke. Die Welt war der Mensch mit seiner Individualität, seinen Erkenntnissen, seiner Erfahrung und seinen Gedanken, gestützt auf die vier Säulen der menschlichen Ordnung, die Bibliothek der Bücher, das Museum der Bilder, die Universität des Wissens und das Rathaus für die Politik. Daneben gab es vier Unterordnungen, die öfter als gedacht die eigentliche Ordnung darstellten, der Marktplatz, das Wirtshaus, das Theater und die Kathedrale. Und für die Bürger dieser Welt die vier Kardinaltugenden Weisheit, Tapferkeit, Besonnenheit, Gerechtigkeit. Die Narrheit fand in dieser vernünftigen Ordnung keinen Platz, vier ist nun mal vier, war aber die liebenswerteste Eigenschaft des Menschen, die so manche große Idee ins Absurde führte, aber davon später.

Im Anfang war der Friedhof, eine Stadt entstand um die Gräber der Toten als Marksteine des Vergangenen und Erinnerung an alte Rituale, aus denen die Tradition entstand. Natürlich gab es auch ein Wirtshaus, im Tod feierte man das Leben. Neben und auf den Gräbern, die Stadt wuchs rasch, der Marktplatz für die Karren der Bauern, die Tische der Händler und die Bühne der Gaukler.

Eine Kathedrale war immer ein zeitloser Bauplatz, Hypothek vieler Generationen, Hoffnung der Gebete. Doch nur aus dem Gebet, ohne mathematisches Wissen, konnte man kein Gotteshaus errichten, ohne Klarheit über Osten und Westen und über den rechten Winkel wurde kein Fundament gelegt, das Gottvertrauen der Dombaumeister war begrenzt.

Ein Haus für die Bibliothek war vorhanden, die Bücher, die die Kenntnisse aufbewahrten, mussten einen sicheren Platz haben, oft auch ein Museum, noch privat, Glück eines Sammlers, dazu eine erste Schola für Schreiben und Rechnen, Grammatik und Rhetorik. Griechisch und Latein, gelegentlich sogar ein Rathaus, aber in der Regel tagten die Ratsherren noch in der halbfertigen Kathedrale unter einem Notdach, sogar die Markttische wurde dort bei bösem Wetter aufgestellt, auch die Notare, Makler und Geldwechsler, die Kaufherren und Bankiers verkehrten dort, errichteten ihre Börse. Handel und Wandel erblühte vor Gottes Angesicht.

Wie lange man an der Kathedrale baute, war nie herauszufinden. Folgt man den in Gottes Namen in glaubensstarkem Latein und karolingischer Fraktur geführten Kirchenbüchern, war das irdische Paradies der Gläubigen über Jahrhunderte und für Generationen ein unfertiger Bau mit wechselnden Dombaumeistern, wechselnder Finanzierung, wechselnden Göttern, wechselndem Kunstgeschmack. Manchmal bereits bis zur halben Höhe errichtet, wurde die Ruine, denn eine solche war sie im Bewusstsein der Menschen, in nüchternen Zeiten wieder abgerissen, um Steine für die dringend benötigten Häuser der aufblühenden Stadt zu gewinnen, wenn nicht sogar ganz und gar zerstört, um im Kriegsfall, bei einem rasch heranrückenden Heer, die Quader zur Verstärkung der Stadtmauer einzusetzen.

In Notzeiten, wenn Krankheit und Armut herrschten, beschloss man in feierlichen Gelübden, falls man mit dem Leben davonkomme, Hungersnot und Pest weichen, die fremden Heere abziehen würden, den Wiederaufbau der Kathedrale, an der man sich versündigt habe, zog mit reichlich Chorgesang und unzähligen Tedeums vor die Ruinen und war zur Freude der Priester wieder gläubig. Allerdings bedurfte es zur Ausführung der guten Absichten wieder Zeiten, die mit Idealen gut ausgestattet waren, was Wohlhabenheit voraussetzte, also steigende Geschäftsabschlüsse, bei denen man einen gewissen Prozentsatz an Goldgulden, Goldtalern, Golddukaten und was es da noch an goldenem Geld gab, in die Schatullen der Domherren legen konnte, für ein allseits gutes Gewissen, gesegnete Geschäfte und zum Wohle der lieben Vaterstadt, wie manches Testament lautete.

Aber das waren dann auch Zeiten mit viel Zank und unendlichem Streit unter den Baumeistern, die nun plötzlich statt eines Turms deren zwei oder sogar drei haben wollten, selbstverständlich mit den besten Glocken, mit farbigen Glasfenstern bis zum Himmel, mit Portalen, die mit Gold und Silber beschlagen waren, Marmorböden als kostbar ausgelegte Mosaiken, und natürlich eine reichliche Verzierung der Fassade. Bei so viel Wirrwarr streikten auch gerne die Handwerker der Dombauhütte. Das beruhigte sich erst, als wieder das Geld ausging oder Teile der Kathedrale durch Baufehler, die Mathematik war noch mangelhaft verbreitet, oder allzu filigrane und mit Verzierungen überlastete Mauern einstürzten, Marmorsäulen Risse bekamen, Gold und Silber sich als Kupfer und Blei herausstellten und die Glasfenster zersplitterten. Immer war es ein Glück, wenn man die Glocken noch nicht gegossen hatte, sie hätten so manchen Baumeister unter sich begraben. Das Berechenbare der neuen Welt enthielt etwas Unberechenbares. Das ließ in der Zukunft Überraschungen erwarten.

Man vertraute erneut der Hoffnung, erinnerte sich an das Schicksal der Menschheit, das aus Neuanfängen bestand, Vollendung war ein göttlicher Anspruch, für den

Menschen auf Erden unerreichbar. Neuanfang war das Los des Menschen, sein Schicksal hieß Annäherung an die Vollendung, und so begann man in aller Schlichtheit, durch Erfahrung demütig geworden, mit einem einfachen Neubau ohne jeden Schmuck, plante vorerst auch nur einen Turm, nicht sehr hoch, eine kleine Glocke, vielleicht, so Gott will, einige schmale Glasfenster, statt Marmor Steinböden, und man redete sich ein, dass das alles viel gottgefälliger sei. Aber bald regten sich die alten Träume von Glanz und Größe, eine bescheidene Kirche ist keine Kathedrale, was sollten die umliegenden Städte denken. Kaufherren kamen aus Rom und Paris und Moskau, berichteten von glanzvollen Bauten, war man nicht auch eine reiche Stadt? War man nicht selbstbewusst genug, eine Kathedrale zu errichten? Wollte man nicht den anderen zeigen, wer man war? Man muss handeln, sagte der Bürgermeister, der ein ungläubiger Spekulant und Kriegsherr war. Also kaufte man Reliquien, erklärte sich zur Pilgerkirche, lockte damit Pilgerscharen an, die gegen eine bescheidene Gebühr die Reliquien küssen durften, auch mussten sie übernachten und verköstigt werden, gingen nicht ohne ein Andenken davon, die Schatullen der gedachten Kathedrale flossen über. Keiner erlebte je die Vollendung der großen Pläne, aber es wurde jedem als großartige Tat angerechnet, Geld herzugeben für etwas, das seine Augen nicht mehr sehen sollten.

Schrift und Bild waren über Jahrtausende eins, Zeichen auf Papyrus und Tontafeln im Ritual des Totengedenkens, das die erste Erinnerung war, Zeichen, die die Zeit ordneten, die Welt in ein Davor und Danach unterteilten.

Über Jahrhunderte in Büchern zusammengebunden, erzählten sie gemeinsam, Seite um Seite, die Geschichte des Menschen, denn erst durch die Spiegelung der Worte im Abgebildeten wurde Erinnerung unauslöschbar vor Augen geführt: in den Illustrationen realer menschlicher Tätigkeit, in den Miniaturen, die die Schreibenden und Malenden bei der Arbeit an den Büchern zeigten, den Sinn der Schrift und der Bilder ausdeutend, umgeben von verschlungenen Arabesken aus Minuskel und Majuskel, in Fraktur und Kursiv, in Insular, Unzial und Kurrent, das Labyrinth der Welt in das Gedächtnis der Welt verwandelnd, in dem noch alles eins war, das Heilige und die Welt des Menschen, die Ikonen und die Chroniken des Lebens, die Gedanken des Tages und die Phantasien der Nacht.

Doch die Einheit zerbrach. Der Mensch entdeckte sich selbst, ein unbekannter und unbenannter Kontinent, kam ins Grübeln, machte Notizen und sah nachdenklich und besorgt auf das menschliche Treiben. Er trat als Persönlichkeit auf, konnte nun lesen und schreiben, war nicht mehr angewiesen auf lautes Predigen,

Dozieren und Vorlesen, las selbst im stillen Kämmerlein, schrieb selbst Briefe, Tagebücher, Memoiren, entwarf hingebungsvoll ganz eigene Worte und setzte vor alle seine Worte ein Ich: Ich bin es, dessen Herz in Schwarz gekleidet geht. Ich machte an diesem Johannistag ein gutes Geschäft und gewann dreißig goldene Gulden. Ich, Gregor Bächlin, erster Bürgermeister, Domherr und Zunftoberster, werde die Geschichte meines Hauses berichten, mit dem ausdrücklichen Vorsatz, nur die Wahrheit zu schreiben.

Der neue Mensch wollte sich aber nicht nur im Spiegel seiner Texte erleben, er wollte seine Person auch als Bildnis der Nachwelt überliefern und holte deshalb die Maler ins Haus: Porträt mit Gattin, die gute Wohnstube, das Haus, der Grundbesitz, Felder und Wälder und Fischteiche. Das Bild des Menschen in seiner Welt, kunstvoll gemalt, hatte unverhofft Vorrang vor allen anderen Künsten, und die abbildenden Maler eilten gut gekleidet von Auftrag zu Auftrag, malten schnell und geschickt mit vielen Gehilfen und Schablonen.

Und so schieden sich Bilder und Worte wie Wasser und Land, wie Himmel und Erde auf der Suche nach der Wahrheit. Die Einheit in der Vielfalt löste sich auf in Gegensätzen und Gegenthesen, die Bilder befreiten sich von der Enge der Buchstaben, der Magie des Wortes, den langen Sätzen, verließen das Labyrinth sich wiederholender, ineinander verflochtener Geschichten, sie wollten die Welt mit ihren Mitteln darstellen, nur Farbe und Linien und Perspektive sein.

So wurden die Bilder selbst zur sphinxhaften, rätselvollen Welt, denn ein Bild ist die Imagination dieser

Welt, die man durch dieses Bild neu und anders sieht, die Verdichtung des Nacheinanders zur Zeitlosigkeit.

Die Sprache erzählt im Kontinuum der Worte, gleitend, strömend, ein großer ruhiger Strom, der kleinere Zuflüsse aufnimmt und weiterführt und vom Meer aufsteigend in stillen Wolken zurückkehrt und als frischer Quell alles immer wieder neu erzählt. Die Maler sahen den Augenblick, das Ewige in der unendlich fließenden Zeit, die unverrückbare Brücke über einen Fluss im wechselnden Licht. Sie entwarfen das Bild des Menschen, wie man ihn zuvor noch nie erkannt hatte, entwarfen das Bild der Natur, wie sie zuvor noch nie gesehen wurde, entwarfen eine Welt, in der der selbstbewusste Mensch im Mittelpunkt stand. Und all das geschah auf der Suche nach der Wahrheit, denn die Wahrheit war das neue Bekenntnis, sie sollte die Welt regieren.

So entstand die Dreiteilung der Welt in Bücher und Bilder und in einen althergebrachten Glauben an das Unsichtbare, verkörpert in den Ritualen. Die Bücher und Bilder verwandelten die alten Mythen in neue Wahrheiten, und der Glaube erschuf das Denken, weil er den Ungläubigen Gott beweisen wollte, aber die Beweise endeten in der Logik, und aus der Logik entstand das Wissen und aus dem Wissen das Unwissen. Es stellte sich heraus, dass es so viele Wahrheiten gab, wie es Bilder und Bücher gab, getreulich bewahrten sie all die Irrungen und Wirrungen des Menschen, die Irrtümer des Wissens und die Merkwürdigkeiten der Vernunft, die Narrheiten und Torheiten, auf die er so stolz war.

Der Mensch ist leicht zu täuschen, er hält die Schatten in einer Höhle für das Wirkliche, das Vorgetäuschte für die Realität. Doch auch die Götter irrten, und im Irrtum der Menschen fand sich immer noch ein Ziel, die Suche nach Glück, nach dem Paradies. Selbst in der Sinnlosigkeit eines vergeblichen Lebens erkennt man noch eine Idee, und das Verrückte macht die Vernunft erträglicher, und Bücher und Bilder erzählen auch von der Hoffnung auf das zu Schaffende, auf Licht und Erkenntnis in der Wahrheit.

Heimlich las man wieder die Bücher der Geschichtenerzähler, denn ohne die sprachliche Erkenntnis sind die Bilder nur Interpretationen der Welt, die uns glauben machen, wir hätten etwas erkannt. Erst in der Sprache der Geschichtenerzähler entstehen die Bilder, die die Welt bedeuten, bildet sich die Ordnung der Dinge, denn was unbenannt ist, existiert nicht. Die Worte erschaffen die Worte, die die Welt darstellen, sie besitzen die Macht, das Labyrinth der Welt, die disparaten und diskontinuierlichen Teile dieses unendlichen Puzzles, in dem alles gleichwertig und gleich bedeutungslos scheint, zusammenzufügen und in der Sprache zu gestalten, der Welt den Sinn zu geben, dessen sie bedarf, um nicht nur Chaos zu sein. Eine Sisyphusarbeit, die immer neu begonnen werden muss, denn das Ende einer Erzählung ist nur ein neuer Anfang für die Erzähler, die nie aufhören, in der Sprache die Welt zu suchen.

III Was ist der Mensch?

Die Rolle des Weisen spielt immer der Narr,
denn wer als Narr auftritt, darf keiner sein.
CERVANTES, *Don Quijote*

Man muss nur lernen,
die Dinge der Welt verkehrt herum zu betrachten,
um sie richtig zu sehen.
BALTASAR GRACIÁN, *Das Kritikon*

Alles liegt im Dunkel einer namenlosen Vorzeit, von keinem Wort, von keinem Bild erhellt. Ungezählte Jahrtausende, versunken in den Tagen und Nächten, die einmal waren. Völker wandern mit ihren Göttern, folgen ihren Weissagungen, verschwinden in der Zeit, nur ein Lied singt von ihnen. Neue Stämme hinterlassen ihre Spuren, eingesunkene Fundamente, unterbrochene Straßen, rätselhafte Kultstätten. Nachgeborene errichten ihre Hütten mit den Hölzern und Steinen vergangener Ansiedlungen, erbauen ihren Göttern Tempel, begraben ihre Toten auf den alten Totenfeldern. Städte entstehen auf den Fundamenten von vergessenen Städten, die auf Städten erbaut wurden, die nur noch in den Sagen sind.

Auch die Stadt, von der wir berichten, entstand aus den jahrtausendealten Ansiedlungen vieler Völker, eine kleine, sehr alte Stadt, an einem großen Fluss gelegen, inmitten eines ebenso alten Kontinents, zwischen den Grenzen neu entstehender Nationen.

Da sie nie die Hauptstadt eines Reiches wurde, war sie auch nie die Weltausstellung einer großen Zeit, die Metropole einer sich selbst feiernden Zivilisation, erlebte sie nie die revolutionären und umstürzlerischen Menschheitsideen.

Der Vergangenheit zugewandt, war sie von alten Kulturen geprägt, mit deren Bedeutung sie sich beschäftigte, für einen Geschichtenerzähler also der ideale Ort. Die Bewohner erbauten ihre Häuser und Staatsbauten aus den Steinbrüchen alter Tempel, Theater, Bäder und Paläste, so dass sich ein natürliches Nebeneinander von keltischen Wehranlagen, römischer Kunst und alemannischen Straßen bildete. Spolien, wohin man sah, an allen Häusern Säulen, Kapitelle, Gesimse, Mosaiken aus vielen Zeiten, und manch einer ummauerte seine Bibliothek aus griechischen und lateinischen Folianten mit hebräischen Grabsteinen.

Handel trieb man mit den Gold-, Silber- und Kupfermünzen gegenwärtiger und ausgestorbener Völker, die hier einmal lebten und die offenbar gerade hier ihre Schätze an einem sicher geglaubten Ort versteckt hatten. Wie man überhaupt Ausgrabungen schätzte, sich gerne damit beschäftigte und die äußerst seltsamen und meist unerklärbaren Funde in vielen Museen aufbewahrte, berühmte Bildungsstätten, die von überallher Gelehrte anzogen. So entstand hier eine Agora der Professoren, die Bücher aus dem gesamten Erdkreis und in allen Sprachen in einzigartigen Bibliotheken sammelten, selbst Bücher schrieben und übersetzten und in den ansässigen Offizinen drucken ließen. Die Gedanken alter Völker waren selbst in ihren vergessenen Sprachen gegenwärtig, ja durchaus geläufig. Nicht nur die Grammatiker, Rhetoriker, Historiker, Mathematiker und Theologen der Universität disputierten gegen- und miteinander in Griechisch, Latein und Hebräisch, hier las ein Messerschmied Horaz, ein Schuster Homer, ein Weber Maimonides im Original. So bildete sich ein vielsprachiges, äußerst eigenwilliges Gemeinwesen aus Denkern, Gelehrten und Sammlern heraus, mit zahlreichen Ansichten, Meinungen, Urteilen, mit Gläubigen und Nichtgläubigen aller Richtungen. In dieser Stadt wurden die Fragen höher gewertet als die Antworten, eine rhetorisch gekonnte, mit Zitaten und historischen Verweisen unterlegte Frage galt etwas, eine einfache Antwort mit logischer Argumentation war weniger geschätzt. Das Ideal war der Verstand der Verständigen, Wahrheit wurde hier zu den relativen Begriffen gezählt. Die Frage nach den Dingen hinter dem Schein der Welt war des Menschen Maß, die exakte Bestimmung der Wahrheit galt als schlichte Dummheit.

Die Systeme der Welterklärung waren daher sehr unterschiedlich und schwankten zwischen Variationen von Glauben und Aberglauben, spekulativer Logik und mystischer Weisheit, Phantasie und Empirie und den wahren Lügengeschichten, die hier viele Anhänger hatten. Es gab Peripatetiker, Stoiker, Dialektiker, Geisterseher, Mystagogen, Sternenkundige, Grabforscher und Adepten aller Art. Man erwarb sich so in der umliegenden, an der Vernunft orientierten Welt einen guten Ruf als Stadt der Torheit, die Bewohner galten als Narren. Damit fand man sich ab, man war sogar stolz darauf. Wie anders sollte man sonst diese Welt verstehen? Wo gab es so viele Weise, die sich mit der Torheit beschäftigten? Wo wurden so viele Bücher über die Narrheit geschrieben und gedruckt wie in dieser Stadt?

Nehmen wir also diesen Ort als Mittelpunkt unserer Welterzählung, als Insel unserer Gedanken, als Ankerplatz unserer Bilder und Worte, einen besseren Hafen für unser kleines Schifflein werden wir nicht mehr finden, unser Schreiben ist hier in Sicherheit.

Begeben wir uns, um mehr zu erfahren, in eines der Naturalien-Kuriositäten-Schatz-Kabinette, deren es hier viele gibt und in denen in unterschiedlicher Archivierung natürliche, künstliche, wertvolle, merkwürdige und seltene Gegenstände der Gelehrtenwelt präsentiert werden, um die Schöpfung zu verstehen und zu begreifen im Kleinen wie im Großen. In langen Gängen stehen Glaskästen mit den Überresten versteinerten Lebens und Bruchstücken künstlerischer Gestaltung, Fossilien und Knochen, Gesteine und Metalle in allen Größen und Formen, Ausgrabungen und Funde aus vielen Jahrtausenden. Das Mosaik der Welt. Wie setzt man es zusammen? Welchen Sinn gibt man ihm? Jahrhundertealte Kulturen und Zivilisationen in einer zerfallenen Ordnung, Gebrauchsgegenstände und Schmuck in unklarer Anordnung, Knochen von Menschen und Tieren im Durcheinander der Gräber. Was gehört zusammen? Was war früher, was später? Jeder Sammler entwickelte seine eigenen Hypothesen und sortierte seine Funde nach seiner Weltsicht.

Gelehrte bewiesen mit Fossilien, dass die ursprüngliche Stadt aus der Sintflut auftauchte, die auch den Fels und den Fluss hinterließ.

Andere Gelehrte bewiesen mit Versteinerungen, dass dies die älteste Stadt der Welt sei, von Japhet, dem Sohn Noahs, vierhundert Jahre vor dem Turmbau zu Babel gegründet.

Der Stadtarzt P., eine bekannte Koryphäe, bewies anhand von Knochenfunden zweifelsfrei, dass hier in der Vorzeit ein Geschlecht von Riesen hauste. Der Stich des berühmten Kupferstechers M. zeigte einen solchen Riesen, und alle bewunderten das Bild und erschauerten vor den gigantischen Maßen der Vorfahren.

In einem speziellen Gewölbe konnte jedermann einen ausgestopften Basilisken besichtigen. Als Fabeltier bewohnte es die Brunnen und unterirdischen Gänge der Stadt, wurde sogar von Augenzeugen, wie die Stadtchronik festhält, als fliegender, feuerspeiender Drache über der Stadt gesehen. Ein Ungeheuer, Hahn, Drache und Schlange zugleich, geschlüpft aus einem dotterlosen Hahnenei, durch eine Kröte auf dem Mist ausgebrütet. Der König der Schlangen mit einer Krone auf dem Hahnenkopf und acht Hahnenfüßen mit riesigen Flügeln, kräftigen Krallen, einem scharfen Schnabel und einem Drachenschwanz. Sein Atem war giftig, sein Blick war tödlich.

Dieses Fabeltier wurde von unerschrockenen Bürgern zum Symbol der Stadt ernannt. Es bewachte die Brunnen und die Tore, die Straßen und die Plätze. Sein giftiger Atem und sein tödlicher Blick würde alle Ruhestörer fernhalten. Irritierend war nur, dass viele Ruhestörer sich eben doch hier niederließen, in einer Stadt, in der Fabeltiere und mythische Geschichten die Realität bestimmten, in einem Naturalien-Kunst-Schatz- und Kuriositätenkabinett voll jahrtausendealter Bruchstücke, in dem man geduldig nach dem Sinn des Lebens suchte und dafür immer neue Geschichten erfand. Während ringsherum die Menschen der Zukunft nachliefen, war man hier schon in der Vergangenheit angekommen und erwartete die Gegenwart mit der Gelassenheit, die einem nachdenkenden Menschen zustand.

In den alten ledergefassten Stadtbüchern mit all ihren Supplement- und Ergänzungsbänden finden sich auch die apokryphen Schriften der Stadt, klassifiziert als unwahrscheinliche Legenden, wie die nicht genehmen deuterokanonischen und protokanonischen Schriften der Bibel. Unangepasste Wahrheiten, undeutbare Geschehnisse, schreckhafte Erzählungen, mit Vernunft und Verstand aussortiert, obwohl doch gerade die vernunftwidrigsten Geschichten die glaubwürdigsten sind, nichts geht über eine erfundene Geschichte, mehr Wahrheit ist in dieser Welt nicht zu haben.

Lesen wir also diese immer wieder heimlich nachgedruckten Geschichten über Glauben und Unglauben, Gewissheit und Zweifel, Verstehen und Nichtverstehen, in vielen Varianten erzählt und vom Autor in dieser Form wiedergegeben.

Der Narr vom Kohlenberg

Der Kohlenberg, eine finstere Direttissima durch Fegefeuer und Hölle hinauf in den hellen Himmel, ein steiler Weg durch die Irrtümer des Lebens und alle Todsünden zu einem Paradiesgärtlein göttlicher Ruhe und erkennender Reinheit, eine aus der Stadt aufsteigende, enggebaute Treppengasse, schwarze Häuser ohne Licht, rastlose Menschen in Dreck, Lärm, Gestank und Geschrei, fluchend und lachend, weinend und tanzend.

Lebendige Welt, leibliche Welt, spielende Welt: Damen und Herren, hier sehen Sie die Rotwelschstraße der Gaukler und Vaganten, der Falschspieler und Münzfälscher, der desertierten Landsknechte und kunstvoll verkrüppelten Bettler, den Berg der städtischen Henker, der willigen Damen und der unwilligen Juden. Menschen aus Phantasie und Realität, Schicksal genannt, Kameraden bis zum Hängen, ehrbar bis zum Meineid, ein Handschlag gilt hier mehr als der längste Vertrag unter Bürgern. Eine Welt voller Schlupfwinkel, Hohlräume und Rattenlöcher, mit einer eigenen, allen anderen unverständlichen Sprache, einer eigenen Gerichtsbarkeit, die keine Fehlurteile kennt, denn Verbrecher und Richter sind gleichermaßen sachverständig und gehen Arm in Arm zum Galgen.

So mancher Bürger stieg hinauf aus Neugier, entdeckte illuminierte Schenken mit unfrommen Damen und gezinkten Würfeln, trank mit Neppern und Baldowern süffigen Punsch, fand ihr Leben beneidenswert, erlebte ihre Erzählungen als Abenteuer, verwandelte sein Geld in Vergnügen, hatte hinterher alles vergessen. Manch einer stieg hinauf, um der ruhenden Ehrbarkeit zu entfliehen, um im kostümierten Leben zu erwachen, in einem herrlichen Sündenpfuhl, in einem trommelnden und pfeifenden Totentanz. Und manch einer stieg hinauf aus Notwendigkeit, um bei einem Juden Geld auf Zins zu leihen, der natürlich immer zu hoch war. Gottverfluchter Teufelswucher.

Viele lernten so die Abschüssigkeit des Lebens kennen. Denn oben und unten waren hier wörtlich zu nehmen, bedeuteten Treppen über Treppen und steilsten Weg, bedeuteten Aufstieg oder Abstieg, der Aufstieg mühsam und anstrengend, der Abstieg leicht und geschwind. Schlage sich hier einer durch den Tag, ohne tödlich zu straucheln, kämpfe sich hier einer durch die Nacht, ohne zu verzweifeln, nur der darf vom Leben reden, alles andere ist nur eine Sonntagspredigt. Denn ein Umweg ist nicht vorhanden, kein Seitenweg ermöglicht die Flucht, auch ein Ausweg fehlt, nur diese Stufen führen zu Gott, es gibt da keine Wahl.

Hoch über den Dächern der Stadt aber weht der reine Geist: Prof. Prof. Dr. Dr. Stingelin, Rector der universitas magistrorum et scholarium, Dekan der facultas theologica, Direktor der bibliotheca academiae, procuratores der teutschen nation, genannt *Der Rabe vom Kohlenberg* wegen seines scharf geschnittenen Gesichts mit der großen Hakennase und den schwarzen Augen.

Er thront im innersten Gehäus eines Labyrinths aus Wiegendrucken und Inkunabeln, hebräischen, aramäischen und syrischen Schriftrollen, gälischen, lateinischen und griechischen Erstdrucken, sie stützen seine Gedanken und bewachen seine Ruhe. Geheime Türen führen zu staubigen, engen Gängen mit verbotenen und zensierten, nichtkanonischen und apokryphen Schriften, die er alle auswendig kennt und frei zitiert, er, der alles wusste, geschätzte 146 Jahre alt, die Weisheit der Stadt, hoch über dem Kohlenberg der Sünde.

Er sitzt in seinem Lehnsessel, betrachtet in einem Handspiegel seinen eigenen Schädel, nennt sich laut krächzend einen Kerl von unendlichem Humor und lacht, weiß Gott, er lacht. Es war der Tag, an dem er, wie er durch seinen Diener erfuhr, wegen seiner unorthodoxen Vorlesungen von der Universität gewiesen werden sollte. Er lachte und lachte und besah sich weiterhin seinen Schädel, in dem sein gesamtes Wissen versammelt war.

Für die Menschen vom Kohlenberg war der Rabe Gott, nicht der liebe Gott, einfach Gott. Wenn er auf seinem Weg zur Universität den Kohlenberg hinabstieg, reichte man ihn von Arm zu Arm weiter, mit dem Bedauern, dass der Straßendreck so hoch liege, man hoffe auf Regen, fragte auch bei diesem oder jenem Galgenurteil nach seiner Meinung, er empfahl in der Regel Gnade vor Recht in letzter Minute, das sei immer sehr eindrücklich für den Delinquenten. Er stimmte auch gerne den zuvorkommenden Damen zu, die der Meinung waren, die Sünden seien von der Religion erfunden worden, um ihnen Angst zu machen, aber wenn man auf dem Kohlenberg wohne, habe man längst alle Angst verloren. Was bei seinen Begleitern die Frage auslöste: Wozu man noch eine Hölle im Jenseits brauche, wenn es sie schon auf Erden gebe. Worauf er maliziös antwortete: Der Papst braucht sie. Aber viele wollten wissen: Weshalb überhaupt diese Geschichte mit dem Teufel? Da nickte er verständnisvoll und sagte: Die Geschichte mit dem Teufel hätten sich die Menschen selber eingebrockt. Da sei nichts mehr zu machen, die Geschichte sei in der Welt, erzählt ist erzählt, die Leute glaubten daran. Das sei mit den Geschichten so, wären sie erst einmal in den Köpfen der Menschen, wären sie die Wirklichkeit. Also gäbe es den Teufel. Verwunderlich sei allerdings, dass der ungläubige Teufel eine so gewitzte und scharfsinnige Person sei, während die meisten Gläubigen ja recht schlicht durchs Leben pilgerten.

So kam er immer heiter und durch neue Gedanken belebt in der Unterstadt an. Beim Aufstieg setzte man ihn in eine Karre und zog ihn hinauf, denn seine Beine waren mit der Zeit schwach geworden, was man von seinem Kopf nicht sagen konnte, der sah die Welt immer schärfer. Manchmal trank er einen für ihn ungepanschten Wein im Teufelhof, in dem gelegentlich Tänzerinnen ein Programm darboten. Der Wirt sang dann einige Couplets, die er Bank nannte und die wenig Schmeichelhaftes über die hohen Herren der Stadt aussagten. Der Rabe klatschte heftig und zustimmend, so dass die Anwesenden sich mit ihrer Meinung halbwegs sicher fühlten. Bevor es orgiastisch wurde, verließ er das Lokal und ließ sich vom Henker, den er als klugen Gesprächspartner schätzte, den Berg hinauftragen.

So hatte die Heiterkeit, mit der er seinen Schädel betrachtete, einen närrischen Sinn, war Erkenntnis eines langen studierenden Lebens, denn inzwischen war er der Meinung, dass der größte Irrsinnswitz der Menschheit und damit auch seines Lebens der sei, eine gültige Definition für das Existieren des Nichtexistierenden zu finden, für das eine unaussprechbare Wort, die Abstraktion aller Abstraktionen. Der Gelehrteste der Gelehrten, der Weiseste der Weisen, auf dem Gipfel seines Wissens eine wandelnde Bibliothek, sprach schon seit einiger Zeit mit großer Zuneigung und Liebe über das ewige Nichts, in dem der Mensch lebt, weil der Mensch erst versteht, wenn er nichts mehr versteht, was ihm von der Fakultät als Altersstarrsinn, als beginnender Wahn ausgelegt wurde.

Zum Entsetzen der Fakultät verkündete er aus den Actus Vercellenses die Worte Jesu: ›Die mit mir sind, haben mich nicht verstanden.‹ Diese Worte erläuterte er folgendermaßen: Die Menschen halten es mit Gott nur aus, wenn sie ihn nicht verstehen, sich aber einreden, sie hätten ihn verstanden, das genüge zu einem angenehmen Leben mit einem guten Gewissen. Man lebe in der Selbsttäuschung, ein gläubiger Mensch zu sein, der Gottes Gebote befolge. Würde man sie in Wahrheit befolgen, müssten alle ein anderes Leben führen, aber das sei in dieser Welt, wie sie nun einmal geordnet sei, unvorstellbar.

Nach solchen Vorlesungen erging er sich gerne in seinem kleinen Paradiesgärtlein, verneigte sich vor den Blumen, kniete vor den Bäumen nieder, sang mit hoher Greisenstimme Kinderlieder und erfreute sich an den Vögeln, die sich sogar auf seine ausgestreckte Hand setzten. Oft musste ihn sein Diener aber auch auf seinen ausdrücklichen Wunsch hin auf einen alten Karren setzen, worauf er den abschüssigen Kohlenberg hinunterrasselte und ›Heureka!‹ schrie, dann schoss er mit großer Geschwindigkeit unter die Bauern des Saumarktes und lachte sein meckerndes Lachen.

In der Fakultät, die ihren Ruf wahren wollte, nannte man ihn jetzt nur noch ›Der Narr vom Kohlenberg‹, und als er des Henkers Töchterlein heiraten wollte, schloss ihn sein Nachfolger auf dem Lehrstuhl unter dem stummen Kopfnicken aller Professoren in der Bibliothek ein. Sein Diener fand ihn am nächsten Tag vor seinem Lesepult in einem gnädigen lächelnden Tod versunken. Auf dem Pult lag die Polyglotte, die in Syrisch, Lateinisch, Hebräisch, Griechisch und Chaldäisch gedruckte Mehrsprachenbibel, er besaß eines der wenigen Exemplare, die der Inquisition entgangen waren. In seinen Armen hielt er die Totentanzbilder des Hans Holbein.

Die Universität sorgte für ein Ehrengrab in der Kathedrale direkt neben einer tragenden Säule, als besondere Verbeugung vor dieser Stütze des Glaubens. Nur seltsam und nicht zu erklären, dass diese Säule bald darauf einen langen Spalt aufwies, ein Riss, der nicht zu beheben war und zu Interpretationen Anlass gab, zu

Deutungen unheilvoller Art, bis die Domherren aus Ärger über diesen Unfug die Leiche ausgruben und in die Sakristei verlegten. Als die schwere Grabplatte fiel, versanken Teile der Stadt in einem Erdbeben.

Das Diarium einer Alchemistin, geführt unter dem Pseudonym Maria Hebraica, aufgefunden im Archiv der Bibliothek

Die ganze Stadt beschäftigt sich mit Alchemie, die Privatgelehrten, die Professoren der Universität, die reichen Bürger. Die Verleger drucken fast nur noch Bücher über Alchemie. Aus allen Ländern kommen Alchemisten und Studenten der Alchemie angereist. Die Stadt ist die Hauptstadt der Alchemie geworden. Alle wollen Gold machen. Alle reden nur noch vom Gold. Jeder Bankier beschäftigt einen Alchemisten. Das Goldene Zeitalter! Gartenhäuser werden zu Laboratorien. An der Universität gilt nur noch die Alchemie, Philosophie und Theologie will keiner mehr studieren.

Frauen verstehen etwas von Alchemie, sagt Professor Z., der an der Universität Vorlesungen über dieses Fach hält. Frauen kochen, Frauen waschen, das ist schon die erste alchemistische Verwandlung der Stoffe. Aber studieren darf ich nicht.

Ein Student, der bei Professor Z. studiert, hat mir seine Notizen überlassen. Grundlage der Alchemie ist die Vermählung von männlichen und weiblichen Elementen. Die Hochzeit von Sonne und Mond, König und Königin, Mann und Frau. Die Verschmelzung und Verwandlung der unedlen Materialien zu edlen Materialien in einer chemischen Hochzeit. Die Alchemie ist die neue Wissenschaft.

Sieben Stufen führen zur chemischen Hochzeit: Caltination, Sublimation, Solution, Putrefaction, Distillation, Coagulation, Tinctur.

Ich brauche eine Bibliothek. Habe mir in der Stadt gedruckte Bücher gekauft, von Lullus die Libelli aliquot chemici, von Rupescissa das Liber lucis, dazu noch die Turba Philosophorum aus dem Arabischen und natürlich von unserem Stadtbürger Thurneysser die Vel magna alchymia, eine Unterweisung von den offenbaren und verborgenen Naturen, Arten und Eigenschaften von allerhand wunderlichen Erdgewächsen, Metallen, Mineralien, Schwefeln, Salzen und Gesteinen und was die Dinge hoch in den Lüften, in der Tiefe der Erden und zum Teil in den Wassern an den Tag geben.

Ein wunderbares Buch. Ich studiere, studiere, studiere. Die klassische Zuordnung der Metalle zu den Himmelskörpern: Sonne = Gold, Mond = Silber, Merkur = Quecksilber, Venus = Kupfer, Mars = Eisen, Jupiter = Zinn, Saturn = Blei. Habe heute Nacht von den Planeten und Metallen geträumt. Das ist ein Zeichen.

Habe mir aus meinem Erbteil ein Labor eingerichtet. Besitze jetzt einen Ambix, einen Cucurbit, einen Alembik und weitere Geräte. Dazu habe ich mir ein Kühlfass gekauft und einen faulen Heinz, einen Destillierofen mit einem Kohleschacht, aus dem Holzkohle nachrutscht, so dass die Hitze lange Zeit gleichmäßig bleibt.

Ich kann jetzt destillieren, dekantieren, filtrieren, sublimieren. Was wird mir gelingen?

Habe heute im Geheimen meine erste Transmutation durchgeführt, die Verwandlung von unedlem in edles Metall. Eine Explosion zerstörte Teile meines Labors. Ohne den Stein der Weisen ist eine Wandlung nicht möglich. Ich weiß zu wenig. Ich muss mehr wissen.

Ich will das Opus Magnum in all seinen sieben Stufen vollbringen, um den Stein der Weisen, den Lapis philosophorum zu erschaffen und damit Gold zu machen. Das Opus Minor führt nur bis zum Silber. Durch die Melanosis, die Schwärzung der Metalle, entsteht die Urmaterie. Die Leukosis ergibt die Weißung. Durch die Xanthosis entsteht die Gilbung. Durch die Tosis die Rötung, die höchste Perfektion, das Gold. Bei dieser Tingierung, der Umwandlung von unedlem Metall in Gold, löst sich der Stein der Weisen von selbst auf, er stirbt. Lullus schreibt, eine Unze Lapis könne aus Quecksilber tausend Unzen verdünnter Lapis-Substanz erzeugen. Jede Unze des verdünnten Lapis könne noch tausend Unzen Quecksilber in Gold verwandeln. Er könne ganze Meere in Gold verwandeln, wenn es nur genügend Quecksilber gäbe. Narren schreien in den Gassen: Alle werden reich. Die ganze Stadt wird vergoldet. Der Fluss ist aus Silber.

Die schöne Agrippa als Hexe im Fluss ersäuft. Die schöne Agrippa eine Hexe. Sie war eine begnadete Alchemistin. Warum nur musste sie allen erzählen, dass sie Flugsalbe machen kann, um damit nachts über die Stadt zu fliegen. Warum nur? Die schöne Agrippa. Im Fluss ersäuft. Eine Hexe!

Ich gebe auf. Wochenlange Arbeit, Tag und Nacht im

Labor. Ergebnis: kein Gold, nicht mal Trinkgold zur inneren Heilung. Und der Stadtarzt P. schreibt: Der wahre Gebrauch der Chemie ist nicht, Gold zu machen, sondern Arzneien zu bereiten. Daran werde ich mich halten. Werde nach dem Allheilmittel Panacea suchen, von dem schon die Alten berichten, das auch als Lebenselixier jung und schön erhält. Viele Alchemisten behaupten, schon mehrere hundert Jahre alt zu sein.

Habe ein seltsames Wasser hergestellt, von dem ich tagelang ganz berauscht war. Im Rausch ging ich eine endlose Treppe hinauf, stürzte in der Nacht wieder ab. Täuschung und Enttäuschung, zwei Seiten einer Münze. Aber ich glaube an das Unsichtbare. Ich glaube nicht an das Sichtbare. Habe das Wasser verfeinert und eine Tinktur hergestellt, ein Tropfen genügt, und man meint, dass man fünfhundert Jahre alt ist. Ich sehe die Zeit nach mir und vor mir. Unglaublich, übersinnlich. Habe eine Erleuchtung!!!

Werde mich von nun an ganz der Erschaffung des Homunculus widmen. Habe mir eine Alraune gekauft und werde sie mit den sieben Stufen behandeln. Unser Ziel muss der neue Mensch sein. Was ist schon Gold?

Die Alchemie hat die Aufgabe, einen wirklichen lebenden Menschen zu erschaffen. Nicht diese konstruierten Automaten der verrückten Uhrmacher, die jetzt überall zu sehen sind. Arbeite mit einem jungen Alchemisten zusammen. Wir studieren gemeinsam die alten Schriften und übersetzen aus dem Lateinischen und Griechischen. Er ist sehr interessiert an der Erschaffung eines Menschen und unterstützt mich.

Agrippa von Nettesheim schreibt in seinen Schriften,

dass sich durch menschliches Sperma aus einem Hühnerei eine menschliche Gestalt erbrüten lasse. Auch unser berühmter P. schreibt von einem Homunculus, der entsteht, wenn in einem Glaskolben menschliches Sperma zur Putrefaction gebracht wird.

Bekomme ein Kind.

(Hier endet das geheime Tagebuch. Anmerkung des Bibliothekars.)

Aus dem Erinnerungs- und Erlebnisbüchlein des Apothekers Hieronymus Bachofen

Ein Frontispiz mit den trostreichen Worten: ›Der schmale und hindernisreiche Weg des Menschen zur Glückseligkeit‹, eine Schrift, die ihr Autor, ein Schüler des Sokrates, ›Pinox‹, also Gemälde nannte, in der hellen Zeit der Vernunft, als Bild und Text noch unwidersprochen eins waren. Die von Pädagogen, Theologen und anderen Ordnungshütern geschätzte Cebestafel, ein Kupferstich von vollendeter Einfachheit, zeigte drei von hohen Mauern umgebene Kreise, vorne sah man den Eingang für die Neugeborenen, die von der Tugend begrüßt werden, oben thronte die Himmelskönigin, die die Auserwählten empfing. Auf der rechten Seite die Guten, die Bekehrten, die Folgsamen, sittsame Frauen mit ihren braven Schülern. Links gehen Männer den Weg der Sünde, schon im ersten Kreis herrschen Völlerei und Unzucht, im zweiten Kreis versündigen sich die Wissenschaftler und Gelehrten durch ihre Messinstrumente, auch die Musikanten und die lorbeerbekränzten Dichter werden hier schon vom Paradies ausgeschlossen. Im dritten Kreis verführt die sündige Macht den König mit seinen offenherzigen Damen.

Hinter diesem Kupfer auf der ersten Seite, der den Zensor wohl irreführen sollte, versteckt sich das Erinnerungs- und Erlebnisbüchlein des Apothekers Hieronymus Bachofen, der die Wege des Menschen anders sah.

Der Apotheker führte oft Gespräche mit dem Scharfrichter, der in der Stadt als Freigeist galt, beide waren mit Castellio, Vesalius und Paracelsus befreundet, deren Aussprüche er mit Ehrfurcht und Genauigkeit in sein Büchlein eintrug.

Gespräche mit dem Scharfrichter

Bei meinem ersten Besuch empfing mich der Scharfrichter in seinem Kabinett. Er ist ein stiller, in sich gekehrter Mann von kleiner, fast zarter Statur, vornehm gekleidet, mit einem langen gepflegten Bart und einem sorgfältig geflochtenen Haarzopf. Vom Ansehen könnte man auf einen Gelehrten der Universität schließen. An einer Wand hing der amtliche schwarzweiße Umhang, der ihn erst zum Scharfrichter machte. Hinter seinem ›Denkstuhl‹, wie er ihn nannte, hängen in einem hohen Glasschrank zwei Richtschwerter wie die schweren Gewichte einer großen Weltuhr, die zwischen Leben und Tod entscheidet. Sie werden von ihm Kastor und Pollux genannt. Kaum kann man sich vorstellen, dass er mit diesen mannsgroßen Schwertern auf dem Richtplatz Menschen enthauptet. Der Sage nach schlagen sie wie ein Uhrwerk laut klirrend gegeneinander, wenn in der Stadt eine Bluttat geschieht, aber er lächelte nur, als ich ihn danach fragte.

Der Scharfrichter hatte so viele Menschen ohne Kopf gesehen, dass ihm der Glaube an die Vernunft des Menschen abhanden gekommen war. Das entnahm ich seinen skeptischen Äußerungen. Allerdings konnte er den wissbegierigen Theologen aus dem Sterben eines Menschen auch nicht das helle Licht des Jenseits bestätigen, das so viele doch erwarteten. Der Mensch war für ihn ein unbewusst handelnder Körper aus Gewohnheit und

Vorurteil und Gleichgültigkeit, bis man ihm den Kopf vom Körper trenne, wie das Urteil meist lautete.

Sein Haus stand oben auf dem Kohlenberg, direkt neben der hohen Linde, die als Gerichtsplatz der Menschen diente, die in der Stadt nicht mal eine Kirche betreten durften. Aus seinem Fenster verfolgte er gerne die Sitzungen des Kohlenberg-Gerichts, dem er seine Hochachtung nicht versagte. Sechs Richter saßen dann mit entblößtem rechten Bein auf der Richtbank, der Vorsitzende hatte zudem während der gesamten Sitzung sein rechtes Bein in einen mit Wasser gefüllten Kübel zu halten, den er nach dem Urteilsspruch umstieß. Nach Ansicht des Scharfrichters vereinfachte und beschleunigte diese Regel das Procedere sehr und schaffte klare Urteile.

Weniger Respekt hatte er vor dem städtischen Gericht, das im Hof des Rathauses zusammentrat, wo nach unzähligen Protokollen aus vielen Verhören mit und ohne Folter, nach jahrelangem Eingesperrtsein im Gefängnisturm der Deliquent mit erlesenen Todesarten bedacht wurde.

Zunächst wurde die Anklage vom Schultheiß dreimal öffentlich verkündet. Die Richter bedeckten ihr Haupt mit ihren hohen Richterhüten. Der Gerichtsschreiber verlas das Urteil. Dann stellte der Schultheiß bei einer herabbrennenden Kerze, unter dem Kniefall des Angeklagten und den Hört-Hört-Rufen der Ratsherolde, jedem Richter die Frage, ob er das gesprochene Urteil für gerecht und billig halte. Die Richter mussten dann schweigend durch Abnahme ihrer Hüte die Frage bejahen.

Es sei schon vorgekommen, bemerkte der Scharfrichter, dass sich danach doch noch die Unschuld des Angeklagten herausstellte. Aber das Gericht war wenig geneigt, dieses ganze Zeremoniell zu wiederholen. Das Urteil war gesprochen. Ein gesprochenes Urteil wird nicht widerrufen. Das Recht wird angewendet, ob schuldig oder unschuldig ist eine zweitrangige Frage. Man spricht Recht, sagte der Scharfrichter, und stellt es über die Gerechtigkeit.

Er zählte die Tötungsarten auf, die er schon vollziehen musste: Auf das Rad flechten. Vierteilen. Im Fluss ertränken. Auf einem Scheiterhaufen verbrennen. Erhängen oder Ersticken. In siedendes Öl tauchen, eine maliziöse Todesart, die den Geldfälschern vorbehalten war. Lebendig einmauern, wobei eine kleine Luke offen blieb, um Brot und Wasser zu reichen und damit das Verhungern und Verdursten zu verlängern.

Deswegen kämpfe er für den Tod durch das Schwert, sagte er. Das ist human. Man merkt fast nichts. Der Tod durch das Schwert ist sogar einem normalen Tod vorzuziehen. Welch ein Elend ist das Sterben des Menschen. Ein Schwerthieb – vorbei. Zärtlich strich er dabei mit einer Hand über die beiden Schwerter und sagte: Wir leben im festen Glauben an das kommende Weltgericht und erwarten Gnade. Folgen wir doch dem schmalen Licht der Vernunft und urteilen zu Lebzeiten nicht zu hart. Und er zitierte den wegen seiner Schriften in die Stadt geflüchteten Castellio: Je besser einer die Wahrheit kennt, desto weniger neigt er dazu, andere zu verurteilen. Wer jedoch andere mit Leichtigkeit verurteilt, zeigt gerade dadurch, dass er nichts weiß, da er die andern nicht erdulden kann. Einen Menschen töten heißt nicht eine Lehre verteidigen, sondern einen Menschen töten.

Ich beendete das Gespräch ebenfalls mit einem Zitat von Castellio: Das Unsichere für sicher zu halten und nicht zu bezweifeln ist nicht nur kühn, sondern auch sehr gefährlich. Auch in der Religion gibt es unsichere und noch mehr unklare Dinge. An ihnen nicht zu zweifeln ist ebenfalls kühn und sehr gefährlich.

Ein andermal erzählte der Scharfrichter gutgelaunt, wie er einen Hahn, der angeblich ein Ei gelegt hatte, nach Recht und Gesetz hinrichten und das Ei verbrennen musste, weil man Angst hatte, ein Basilisk könne dem Ei entschlüpfen.

Ich fragte ihn, was er mit den Leichen mache, die ja keine christlichen Begräbnisse erhielten. Er antwortete etwas verschmitzt: Ich habe sie oft heimlich dem Vesalius für seine Anatomie gegeben. Das Buch des Vesalius mit den eleganten Stichen von menschlichen Skeletten sehe ich mir immer gerne an. Er hat mit seinen neuen anatomischen Erkenntnissen viel für die Medizin getan, die doch nur aus Aberglauben besteht.

Ich erwähnte, wie Paracelsus einmal ein medizinisches Lehrbuch, ein Standardwerk, aus diesem Grund öffentlich ins Feuer warf, was natürlich den Ärger der Koryphäen hervorrief, die ihr altes Wissen verteidigten.

Sich irren und doch wieder an sich glauben, sagte der Scharfrichter, das ist das Schicksal des Menschen. Er unternimmt oft große Anstrengungen, die ohne jede Auswirkung bleiben. Unternimmt er dagegen nichts, hat das manchmal sehr bedeutende Auswirkungen. So ist der Lauf der Welt. Kein anderes Wesen, nur der Mensch wundert sich über sein Dasein. Aber ist das ein Wunder? Glücklich der, der Narr sein darf.

Ich antwortete: Der Mensch kann sich zum Narren machen. Das ist wahr.

Ja, sagte der Scharfrichter, aber ein Narr würde nie das Recht unserer armseligen Gesetze über die Gerechtigkeit erheben.

Die folgenden Seiten wurden vom Apotheker in einer verschlüsselten Sprache weitergeführt. Zudem weisen viele Seiten Brandspuren auf. Der Text ist daher unleserlich.

Offizin Oporinus & Platter, vormals Cratander. Weiterhin lieferbar, trotz Gefängnisstrafe des Verlegers, Biblianders erste lateinische Übersetzung des Korans. Trotz Verbrennung Castellios ›Über die Ketzer‹. Trotz vieler Proteste Vesalius' ›Anatomie‹ und Paracelsus' medizinische Schriften. Schönkindhof, Petersgasse 13, allhier am Ort.

Beliebt waren hier auch Dispute, die jede Definition auf den Kopf stellten, alle Begriffe relativierten, jeder Erkenntnis, jeder These widersprachen, bei jeder Behauptung das Gegenteil für wahr erkannten, die Welt nur als unlösbares Rätsel begriffen.

Lesen wir daher das Gedächtnisprotokoll des berühmten, auf dem Marktplatz vor der Kathedrale, dem Museum und der Bibliothek an einem Markttag stattgehabten Kunstdisputs. Aufgezeichnet und der Stadtchronik beigefügt vom unbeeidigten Hilfsstadtschreiber Bärenfels, der an diesem Tag die Marktordnung überwachte, die Gewichte der Waagen kontrollierte, Streitigkeiten zwischen Käufer und Verkäufer schlichten sollte. Den Gelehrtenstreit konnte er aber nicht verhindern. Er schrieb daher mit, was den Herren sehr gefiel, die für ihn sogar Pausen einlegten, denn sie wussten, dass sie mit klugen Sätzen aufeinander losgingen, abwechselnd Florett und Degen und Beidhänder schwangen, was ihren Genuss erhöhte. Als der Hilfsstadtschreiber hinzukam, war der Diskurs schon im Grundsätzlichen angelangt, was immer von Übel ist: Man entfernt sich vom sicheren Ufer des Konkreten, Überschaubaren und segelt ohne Kompass auf dem allzu tiefen Meer des Allgemeinen.

Der Disput des Hauptpredigers der Kathedrale, des Kustos des Museums, des Bibliothekars der Bibliothek, gehalten am Markttag zu St. Peter.

PREDIGER Die Linie ist göttlich und ewig.
KUSTOS In der Farbe erfüllt sich die Schöpfung.
BIBLIOTHEKAR Die Schrift lehrt uns das Wissen.
PREDIGER Die Linie gestaltet das Universum.
KUSTOS Die Farbe bildet die sichtbare Welt.
BIBLIOTHEKAR Die Schrift erschafft die Welt.
KUSTOS Ein Bild ist unmittelbares Sehen.
PREDIGER Ein Bild muss ein Wunder bewirken.
KUSTOS Ein Bild ist ein Augenblick des Lichts.
BIBLIOTHEKAR Schönheit entsteht aus der Wahrheit.
PREDIGER Im Glaube liegt Schönheit und Wahrheit.
BIBLIOTHEKAR Warum glauben, wir können lesen.
KUSTOS Wir können die Bilder sehen.
PREDIGER In der Stille der Kathedrale.
BIBLIOTHEKAR Das Buch ist der Spiegel der Bilder.
KUSTOS Bilder sind ein offenes Buch.
PREDIGER Bilder und Bücher sollen die Menschen erbauen, erheben und leiten.
KUSTOS Bilder sollen die Welt zeigen.
BIBLIOTHEKAR Bilder sollen diese Welt in Frage stellen.
PREDIGER Was ist denn Wahrheit?
BIBLIOTHEKAR Was ist denn Glaube?
PREDIGER Was ist denn Schönheit?
KUSTOS Wahrheit und Schönheit sind eins.

BIBLIOTHEKAR Was wahr ist, ist auch schön und umgekehrt.

PREDIGER Alles nur Worte, Worte, Worte.

Es war ein Streit wie vor Jahrtausenden zwischen den Ikonoklasten und den Ikonodulen, den Bildfeinden und den Bildfreunden, geführt im großen konstantinischen Bilderstreit zwischen Kirche und Kaiser, frommen Gelehrten und geschäftstüchtigen Äbten, der natürlich von einer Frau, der Kaiserin Irene, zugunsten der Bilder entschieden wurde, denn eine Frau ohne Spiegel gibt es nicht, obwohl selbst die Goldspiegel in dieser Zeit nur Zerrspiegel waren, aber was besagt das. Es ging ums Prinzip, und man beschloss, die Welt müsse in Bildern gespiegelt werden, weil sie sonst nicht existiere, wobei ein weises Konzil zwischen dem Urbild und dem Abbild unterschied, das Urbild sei unvorstellbar, das Abbild hingegen denkbar.

Der Maler, der aus dem Fenster seines Ateliers den Diskurs der drei in würdiges Schwarz gekleideten Herren verfolgte, dieses mitten unter den Marktfrauen stattfindende zunehmend lautstärkere Gefecht sich ausschließender Wahrheiten mit anhören musste, griff in einer Art Notwehr zum Zeichenstift und warf mit lockerer Hand eine Skizze dieser drei Herren auf ein Stück Papier, wo sie sich in rabenschwarze übereinander herfallende aufgeplusterte Vögel verwandelten, die irritierenderweise einen Dreispitz trugen. Er schrieb unter das Blatt *Drei Narren auf dem Markt.*

›Aber es sind doch kluge Herren‹, sagte sein Schüler,

der gerade versuchte, aus den Farben Blau und Gelb sein erstes Grün zu mischen, das mal heller, mal dunkler geriet, immer wieder ein anderes Grün ergab.

›Aber sicher sind sie das‹, sagte der Maler. ›Alle Narren sind klug. Ich schätze sie sehr. Jeden einzeln, nie zusammen.‹

›Warum dann Narren?‹

Der Maler legte den Zeichenstift weg: ›Weil die Definition einer gestalteten Materie alles Lebendige tötet. Das Erschaffen der Bilder und der Worte geschieht außerhalb jeder Definition ihrer selbst. Bilder und Worte entstehen wie die Schöpfung aus dem Unbekannten, entstehen im tiefen Dunkel einer Traumzeit, von der wir nichts wissen, die aber in uns ist.‹

›Und die Musik?‹, fragte der Schüler.

›Kommt direkt aus dem Herzen‹, sagte der Maler.

›Und die Architektur?‹, fragte der Schüler.

›Ist Berechnung‹, sagte der Maler und sah erneut auf den Markt: ›Sie werden wieder alles in ihre Bücher schreiben. Die Bilder sehen sie nicht. Wollen sie nicht sehen.‹ Und laut rief er: ›Die Maler erschaffen die Welt! Unsere Bilder erschaffen die Welt!‹

Er drehte sich um und riss das Tuch über einem Wandbild ab.

›Schau dir mein Polyptychon an. Vierundzwanzig Heiligenbilder in einem einzigen Format. Ein Erinnerungsbild, das jedem Priester erlaubt, alle wichtigen Lebensstationen unserer Heiligen zu erzählen. Vierundzwanzig unglaubliche Geschichten. Bestellt vom Rat. Abbestellt vom Rat.‹

›Habt ihr keinen Vertrag?‹, fragte der Schüler.

Der Maler nahm ein Papier von der Wand und sagte: ›Mit allen Anweisungen. Der Maler Francesco hat besagte Heiligentafel eigenhändig zu kolorieren und zu bemalen, in der gleichen Art, wie es seine Vorskizze zeigt. Mit den Figuren in guter Kleidung, den Gebäuden und den Hügeln und Ebenen in der Ferne, in allen Einzelheiten demgemäß was ist und was die Auftraggeber für das Beste halten. Er hat alle Figuren von der Mitte an aufwärts selber zu malen, insbesondere die Geistlichen. Er muss die Farben selber reiben und darf nur erste Qualität nehmen, feines gepudertes Gold, reines Scharlachrot und das bessere Ultramarin zu vier Gulden. Er muss besagte Tafel in vier Monaten vom heutigen Tage an fertiggestellt und geliefert haben. Er soll als Preis für die Tafel zweiunddreißig Gulden erhalten, wenn es dem Rat erscheinen will, dass sie diesen Betrag wert ist. Wenn der Maler Francesco nicht innerhalb der bestimmten Zeit das Bild geliefert hat, hat er eine Strafe von zwölf Gulden zu bezahlen.‹

Er zerriss den Vertrag und warf ihn ins Feuer.

Danach besah er sich das Grün des Schülers und sagte: ›Die erste Farbe war das reine Blau des Himmels. Die zweite Farbe das Orange der Sonne. Die dritte Farbe das schlichte Grün der Erde. Die vierte das pompöse Violett der Prediger. Die fünfte das feierliche Weiß der Könige. Danach kam das Gelb der Neider. Dann das blutige Rot der Kriege, dann die unzähligen Farben der Revolutionen, ein bunter Regenbogen. Heute schätzt man die Farbe Schwarz, die Farbe der Dummheit.‹

Er überlegte und fügte noch hinzu: ›Es gibt zwei Darstellungen, in denen die Farbe dem geschriebenen

Wort überlegen ist. Die Schrecken der Welt und die Schönheit der Welt. Wenn Landsknechte einen Bauern in Stücke hacken, verstummt die Sprache, aber die Farbe erglüht. Oder ein Sonnenuntergang in bukolischer Landschaft, auch da verblassen die Worte, während die Farbe leuchtet. In beiden Fällen sind es die gleichen Farbmischungen.‹

Auf das Grün des Schülers weisend sagte er: ›Mit deiner Farbmischung kannst du dir einen grünen Hund malen.‹

›Es gibt keinen grünen Hund‹, sagte der Schüler.

›Wenn du ihn malst, gibt es einen‹, sagte der Maler.

Der Stadtschreiber Basilius, der den Disput des Hauptpredigers, des Kustos und des Bibliothekars für das Stadtbuch kontrollieren musste, entschied sich für den Begriff Tragikomödie, beschloss aber, die anderen Institutionen der Stadt in eine Vernehmlassung einzubeziehen. Der Gelehrte S. B. – in dieser Stadt waren die Bürger als Besonderheit nur mit ihren Initialen bekannt –, der gerade ein enzyklopädisches Werk über die Narrheit schrieb, stimmte als Vertreter der Universität lebhaft zu und erklärte, diese Definition sei die einzig richtige für das Narrentreiben der Menschheit. Der Totengräber Barnabas, ein kluger Analphabet und Obernarr, der auf dem Friedhof weise und wissende Gespräche mit den Verstorbenen führte, die dort seltsamerweise wieder ihre vollen Namen besaßen, als lebten sie jetzt und wären zu Lebzeiten narrentot gewesen, stimmte ebenfalls zu. Der Wirt als Chef einer weiteren Institution der Stadt stimmte zu, weil er allem zustimmte, was ihm zu Ohren kam, da er alle Menschen für ausgemachte Narren hielt, und so drückte der Stadtschreiber das Siegel der Stadt unter das Wort ›Tragikomödie‹, von nun an für alle Ratsherren die philosophische Definition der Welt. Und da es auf den Sonntag zuging, hoben die Bürger ihre Alltagstüren aus den Angeln und setzten die geschnitzten Sonntagstüren ein.

Die eigentlichen Ereignisse des Disputanten-Tages aber, die alle Bewohner der Stadt tatsächlich bewegten, waren die auf dem Marktzettel verzeichneten Geschehnisse:

Einige Bauern der Landschaft hatten wegen willkürlich erhöhter Abgaben ein Fass Gülle auf den Markt gekippt. Beim amtlichen Verhör erwies sich, dass sie weder lesen noch schreiben konnten, sie lehnten es hochmütig ab, sich mit solchem Teufelszeug überhaupt zu befassen.

Die Gänse hatten je Pfund Lebendgewicht einen Kupferpfennig aufgeschlagen. Es war die willkommene Schlagzeile eines neu erscheinenden Flugblattes, das sich Zeitung nannte.

Eine berühmte Anekdote vom Wahren, Schönen, Guten

Schönheit war ein Lieblingswort der gebildeten und wohlhabenden Bürger der Stadt. Es war in ihren Gedanken, in ihren Gesprächen, es war ihnen ernst damit, etwas war schön oder nicht schön, und das war wichtig. Besonders jene, die am Sonntag regelmäßig die Kathedrale, die Bibliothek, das Museum – in welcher Reihenfolge auch immer – besuchten, pflegten das Gespräch über dieses doch sehr changierende, geradezu unerschöpfliche, in seinen Tiefen unauslotbare Thema, das für die einen mit der Wahrheit, für die anderen mit dem Guten verbunden war. Bei den sonntäglichen Matineen der Beaux-Arts oder dem anschließenden Dejeuner, auf der Nachmittagspromenade durch die Schönheiten der Natur oder im abendlichen Salon der Belles-Lettres war es rekommandabel, selbstverständlich auch das Wahre und Gute an sich zu bedenken, beides war aber doch in dieser Stadt durch das Schöne definiert.

In letzter Zeit wurde der gelassene, betrachtende Dialog hitziger, denn die Kuppel der neuen Kathedrale, die später, als es sie nicht mehr gab, die alte Kathedrale genannt wurde, harrte einer künstlerischen Entscheidung. Die Kuppel, man hatte es vorher nicht so recht bedacht, hatte allen Bürgern den vor der Kathedrale zu bestaunenden, schönen, ja geradezu wunderbaren Himmel genommen, hatte einen finsteren Raum hinterlassen, nun ohne das Himmelslicht, das doch erst die Schönheit der irdischen Dinge hervorzauberte. Denjenigen, die Schönheit und Wahrheit gleichsetzten, erschien der nackte Kuppelbau sehr schön, Stein auf Stein in genialischer Weise zusammengefügt. Die anderen, die Schönheit mit dem Guten vereint sehen wollten, suchten als Ersatz für den verlorenen Himmel einen gemalten Himmel, überraschende Bilder, farbig und schön, also Kunst.

Nun entsteht Kunst nicht durch Debatten über Kunst, sondern durch Künstler, schwierige Leute, ungesellig und wenig auskunftsfreudig, mit oft seltsamen Ansichten über das Schöne, Menschen, die meist grüblerisch verschwiegen ihre Arbeit tun. Der Wert ihres Werkes war immer schon schwer bestimmbar, zu zahlen war das aber à fonds perdu.

Der Rat der Stadt kam nach langer Debatte zu der Einsicht, dass man einen Maler brauche, irgendeinen Italiener, den hiesigen Zunftmalern traute man eine Kuppel nicht zu. Er sprach einen Kredit, zahlte ihn aus, dann ging alles ungeahnt schnell. Ein Kerl reiste an und sagte, er sei der Pictor. Ein stämmiger krausköpfiger Mann mit einem gewaltigen Schädel und eingeschlagener Nase. Der ganze Körper schien von unten nach oben spiralförmig verdreht und endete in einem langen Arm. Da hatte einer sein Leben damit verbracht, auf einem Brett liegend die Decken und Kuppeln über sich mit himmlischen Szenen, mit schwebenden Engeln und glücklichen Heiligen, mit nackten Putten und demütig betenden Herrschern in Seidenroben zu bemalen.

Seine Gehilfen, die er mitgebracht hatte, erbauten gekonnt in der Kathedrale ein Gerüst, der Maler und seine Zuarbeiter verschwanden darin.

Der Rat der Stadt wollte nun aber auch seine paradiesischen Vorstellungen von einer himmlischen Kuppel dem Künstler vortragen, der kam aber nicht mehr herunter. So kletterten einige noch bewegliche Ratsherren in das Gerüst, auf halber Höhe, ein Entgegenkommen des Malers, fand dann ein Gespräch statt. Die Ratsherren redeten von Innerlichkeit, Tiefe, Bescheidenheit und Glaubensinnigkeit, man wünsche keine gloriose Inszenierung, keine falsche Theatralik, keine vergoldete Äußerlichkeit, man sprach von Unkunst, die es ja gebe, wollte die wahre, schöne und gute Kunst und verlangte diesbezüglich eine Bestätigung des Malers. Der Maler schwieg. Da man in der Stadt auf elegante Weise polyglott war, versuchte man in allen lebenden und toten Sprachen Kontakt mit dem Maler aufzunehmen. Der antwortete aber nur in der Sprache der Taubstummen, er schwieg, schüttelte den Kopf und gab vor, nichts zu verstehen. Man legte ihm einen Vertrag vor. Der Maler kletterte das Gerüst hinauf und ward nicht mehr gesehen. Seine Gehilfen erklärten, der Meister fürchte sich vor den Buchstaben, sie seien für ihn Hexerei. Er könne mit Worten nichts anfangen. Er sei Maler. Er schaffe in der Intuition der Farben. Al secco oder in pasto auf eine Mauer, al prima oder al fresco auf eine Kuppel.

All das war schwer einzusehen, für rechnende Kaufleute auch schwer zu begreifen. Die Bürgerschaft verlegte sich aufs Warten. Einzelne Besuche im Gerüst blieben erfolglos. Der Maler warf mit Farbeimern und vertrieb jeden ungebetenen Besucher. Gerüchte verbreiteten sich, der Maler erschaffe noch einmal das Paradies, den Garten Eden, ein Mädchen habe es gesehen. Ein anderes Mädchen erklärte dagegen, das sehe da oben alles wie die Hölle aus, alle Figuren seien seltsam verzerrt, das wäre wegen der Perspektive. Die Kenner versuchten zu interpretieren, kamen aber auch nicht weit. Der Domprediger wollte wissen, wie die Mädchen auf das Gerüst gekommen waren, so nahe dem Paradies oder der Hölle, je nachdem. Die Mädchen wurden schweigsam und erinnerten sich an nichts mehr.

Die Bürgerschaft wartete. Man vergaß fast den Maler. Die einen sagten, es kommt gut. Die anderen sagten, das kommt nicht gut. Einige Kaufleute erinnerten daran, dass Zeit Geld sei und rechneten aus, wie viel Verlust man schon jetzt verbuchen müsse. Zur Fasnacht verließ der Maler mit seinen Gehilfen plötzlich die Stadt, schweigend, wie er gekommen war. Die Bürger bauten das Gerüst ab, die Kuppel erschien vor aller Augen. Der endlos erwartete Augenblick war da. In dieser Sekunde – so der Bericht, dessen Wahrheit natürlich anzuzweifeln ist, aber was ist Wahrheit? –, in dieser Sekunde – so die Anekdote einer notorisch märchenhaften Weltchronik –, in dieser Sekunde, die zur Minute wurde – zu einer schrecklichen Minute –, in dieser Sekunde – ›unbegreifliches Schicksal‹ sagte man später –, in dieser Sekunde bebte die Erde, eines der in dieser Stadt so häufigen Erdbeben, kein großes, ein mittleres Erdbeben, aber es genügte: Die frisch bemalte Kuppel sank langsam in sich zusammen, die Bürgerschaft konnte sich retten und sah, sah mit Erleichterung, nachdem die Staubwolke sich wieder gelegt hatte, zwischen gezackten Mauern den

Himmel, der sich über der Kathedrale wölbte, gerahmt von den Mauerresten, ein Himmel, der die Schönheit selbst war, nach der man so lange gesucht hatte. Ein Tedeum wurde angestimmt, und die Bürgerschaft, so die Anekdote, war im Wahren, Schönen, Guten vereint.

Ein Schreckensbild erwartet uns: das abgeschlagene blutende Haupt der schlangenhaarigen Medusa mit ihren entsetzten Augen, deren tödlicher Blick Mensch und Tier zu Stein verwandelte, ein letztes Zucken der sich windenden Schlangenköpfe, der weit aufgerissene Mund im stummen Schrei, die dunklen brechenden Augen, im Tode erstarrend.

Ein Bild, das in seiner Grausamkeit schön ist, weil es in der Wahrheit ist. Schönheit und Wahrheit sind schwärmerische Begriffe, aber wenn sie sich zu einem gültigen Bild vereinen, sind sie oft unerträglich kalt und hässlich. Doch diese Ehrlichkeit ist auszuhalten, und die Begriffe und die Anschauung der Welt sind zu überprüfen. Wozu gibt es sonst Bilder?

Wer versteckt sich hinter dem Schreckensbild? Der Erzähler, der mit seinem erinnernden Blick die Toten ins Leben zurückholt, die Versteinerung aufhebt. Auch er ist in diesem Buch, er, der in seiner Jugend gerne zum Café Swann flanierte, einem eleganten Ort des Verweilens und der langen Sätze am Jardin des Tuileries, von dem aus man in der Phantasie Mrs Dalloway und das Treiben am Piccadilly Circus beobachten konnte, der gerne mit Lord Jim bei windstiller tropischer Hitze über das chinesische Meer trieb oder sich an langen Lesetagen im Yoknapatawpha County aufhielt, nun aber mit einem gewissen Biberkopf, treue Seele, in einem Finsterloch bei Finnegans Totenwache saß, um dort seine Nachtgeschichten ›in his own speak‹ zu erzählen. Im Morgengrauen, treffendes Wort das, auf irgendeiner Straße der Welt, wie eine Figur aus einem Höllenbild von Bosch, monologisiert er in eisiger Einsamkeit, sieht Menschen ihr tägliches Schicksal anbeten, Glauben ist Gewohnheit, Montaigne, auch so ein Buch im Buch, doch zum Lebensende war er eher dem Brant'schen Narrenschiff gewogen, lebte in Worten und Bildern, Vermächtnis der Toten, die in den Geschichten weiterleben wollen, Stoff, aus dem die Träume sind, schreibt Shakespeare, wir alle sind nur Geschöpfe seiner Folio-Ausgabe, nachdem der blinde Homer uns verlassen hat. Was tun? Die taghellen Geschichten hatte er erzählt, obwohl sie reichlich dunkel ausfielen, das war lange her, vielleicht enthielten seine Nachtgeschichten einen Funken Licht.

CHOR DER LESER Was machen wir als Leser? Die Sache muss sich im Weiterlesen klären, sowieso eine seltsame Existenz, dieser Erzähler, auf die Erde gestürzt und den Tod verfehlt, wie in dem Bild von Chagall, das er immer als Postkarte in der Tasche hat, dazu noch die abgespielte Platte John Coltrane: ›I love Supreme‹, größtes Kunstwerk seit Michelangelos Sixtinischer Kapelle, schrieb ein Kritiker, und zur Orientierung die nicht mehr aufziehbare Eisenbahneruhr seines Großvaters, großer cartesianischer Denker in Analyse und Synthese, und ein Bündel unleserlicher Briefe seiner Mutter, Analphabetin, zusammengehalten von einem Rosenkranz, vom Papst gesegnet. Balance auf dem dünnen Lebensseil für die, die ganz allein auf ihrem stillen und endlos schweren, auf ihrem schmalen Atem tanzen.

ERZÄHLER *(die Leser erblickend)* Ihr naht euch wieder, schwankende Gestalten, die früh sich einst dem trüben Blick gezeigt.

CHOR DER LESER Wenn der Erzähler sein Wort sagt, hören wir zu.

ERZÄHLER Die unendlich oft erzählten Geschichten bewahren uns vor dem Vergessen. Aus dem Nebel der Welt erreichen uns Meldungen wie ein gleichmäßiges Rauschen. Sie ziehen langsam wie der hinkende Bote von Ort zu Ort, erreichen nur unvollständig das Ohr des Menschen, werden auf ihrer Wanderung von Mund zu Mund interpretiert und angereichert, werden nach und nach zu Geschichten, denn die Geschichten verbreiten sich rascher, eilen als ungewisses Gerücht den Nachrichten voraus, werden zur Gewissheit des Hörensagens, so dass das, was da nach langer Reise endlich von einem Ausrufer ausgeschellt wird oder schwarz auf weiß in einer Zeitung steht oder farbig durch den Äther gefunkt wird, kaum noch etwas mit dem ursprünglichen Ereignis zu tun hat. Die phantasievolle Geschichte hat die nüchterne Nachricht überholt und ist in ihren Vermutungen glaubhafter geworden. Die Welt besteht aus gehörten und von Generation zu Generation weitererzählten Worten und Sätzen, die alle kennen und auf immer behalten, weil alle sie weitererzählen. Und die neuen Worte und Sätze, ob von einem eigenen Erlebnis oder irgendwie vernommen, verbinden sich mit den alten Erzählungen, sind die Erinnerung, die wiederum durch Worte und Sätze an die Nachgeborenen weitergegeben wird, so dass man, weil es so selbstverständlich ist, niemals wahrnimmt, überhaupt nicht weiß, dass man in einem erzählten Universum lebt, in der Ewigkeit der Worte, die keine Zeit und keinen Ort kennen, die einfach immer da sind, immer da waren und unser Leben gestalten.

CHOR DER LESER Fragen wir ihn, warum er sich hinter dem Bild der Medusa versteckt, diesem abgeschlagenen blutenden Haupt.

ERZÄHLER *(sagt und spricht und fährt folgendermaßen fort)* Perseus, natürlich Perseus der Held, Sohn dieses Jupiter, durch einen goldenen Regen, wie sonst, mit der überraschten Danae gezeugt. Perseus, golden geboren, auf Heldentaten aus, durchwanderte das Land der Gorgonen, öde Gegend mit erstarrten Menschen- und Tiergestalten, versteinert vom Todesblick der Medusa. Medusa war berühmt für ihre Schönheit, für ihr langes dichtes Haar, ihr ebenmäßiges und edles Gesicht, aber Neptun, auch so ein Gott, tat ihr Gewalt an. Sie rächte sich mit ihrem Hass, ihre Haare wurden zu furchterregenden Schlangen, ihr Gesicht zur Maske, und ihre einst schönen dunklen Augen töteten alles Leben.

Perseus sah sie in seinem Bronzeschild, und auch sie sah darin ihr Spiegelbild und entsetzte sich so sehr, dass Perseus ihr in einer Rückwärtsdrehung das Haupt abschlagen konnte.

Aber aus dem Blut der Medusa entsprang Chrysaor, der ein großer bilderschaffender Künstler und ein berühmter Gold- und Silberschmied wurde, und Pegasus, das geflügelte Pferd, das wie ein Vogel frei durch die Lüfte fliegen konnte, das voller Freude zur Musik der Musen und des Apollo tanzte und das mit seinen Hufen einen Brunnen aus dem Fels des Helikon schlug. Wer aus diesem Brunnen trank, der wurde sogleich einer der Dichter, die die Menschen wieder beseelten, denn die Dichter kennen nicht den kalten schwarzen Hass des Todes, sie kennen das wärmende helle Glück des Lebens, das verzeihende Verstehen, und bewahren die Schönheit. Der Bilderkünstler und der Dichter sind Söhne einer vergewaltigten Frau, der man den Kopf abschlägt, weil sie sich mit einem versteinernden Blick zu rächen weiß. Haben die Künstler und die Dichter diesen Blick geerbt? Diesen fremden Blick auf die Welt? Später wurde Pegasus von Jupiter an den Himmel unter die Gestirne versetzt. Späte Ehrung. Kennt man ja. Alte Geschichten. Alte Geschichten.

Danach verstummte der Erzähler, versunken in Gedanken. Und jeder sollte vermeiden, den Erzähler nach der Wahrheit oder Unwahrheit seiner Geschichten zu fragen und danach, ob er sie auch wirklich erlebt habe, denn der wird versteinert erfahren, was ein tödliches Schweigen ist, und damit wird klar, warum er als Schutzgöttin die Medusa wählte, sie hält mit ihrem Blick die Menschen fern, die Vielfragenden.

Verlassen wir die Medusa und den Erzähler. Ein allzu schwieriger Eingang zu den Geschichten, die dieses Buch enthält, die Bildergläubigen werden protestieren, doch diesmal schließen wir uns den Unbelasteten an und überspringen Bilder und auch geschriebene Seiten.

Überschlagen wir auch die ewig gleichen Chroniken der Kaiser und Könige, Zaren und Schahs, Fürsten, Herzöge und Grafen, die immer wieder abgeschriebenen Schlachten und Heldentaten, Hochzeiten und Thronbesteigungen, gepriesen von bezahlten Hofschreibern und Staatshistorikern in den hochwohllöblichen Floskeln einer untertänigen Leibeigenschaft.

Überschlagen wir die auf Seide gemalten goldgerahmten Edelsteinbilder der gekrönten Herrscher auf ihrem Thron, die Gottesstreiter zu Pferd vor ihren Schlössern und Burgen, von bezahlten Hofmalern in eine Rüstung gesteckt, damit sie sich aufrecht hielten.

Hofszenen mit Gemahlin und Gefolge, Schwert und Zepter, Reichsapfel und Hermelin, gestellte Posen, kalte Gesichter, erstarrte Figuren. Überlebensgroße Bilder als bunte Vorhänge vor gebrochenen Eiden, zerrissenen Verträgen, erstochenen Thronanwärtern, vergifteten Ehefrauen, ausgeplünderten Ländern und Untertanen.

Nun liegen sie versteinert an den Wänden der Kathedrale, die Krone auf dem Kopf, das Schwert in der Hand, der wärmende Hermelin ersetzt durch den kalten Marmor. Aufgereiht nach Rang und Namen, beabsichtigen sie, am Jüngsten Tag wiederaufzuerstehen.

Überschlagen wir auch die Legenden und Bilder der Heiligen: Sünder, Wüstlinge und Prasser, die spät bereuten, barfuß und barhäuptig, sich geißelnd im härenen

Gewand durch die Lande zogen, Buße und Umkehr predigend, dem Heiligenschein ihrer Wunder folgend, den Himmel vor Augen.

Betrachten wir die Bilder der übersehenen Maler, die von der Welt erzählen, lesen wir die Schriften von Autoren, die oft in der Verbannung entstanden, unter der Zensur eines Herrschers, unter der Inquisition der Kirche, die sie mit ihrem Drucker ins Gefängnis oder auf den Scheiterhaufen brachte, weil sie die Wahrheit suchten, Bücher anderer Religionen übersetzten, anatomische Studien veröffentlichten. Erinnern wir uns an die Heldentaten und Schlachten dieser Buchverleger, die der Menschheit am Ende sogar eine Enzyklopädie ihres Wissens schenkten.

Imprimatur abgelehnt. Kanzler des königlichen Zensuramtes.

Imprimatur abgelehnt. Grande des heiligen Officiums.

Imprimatur abgelehnt. Generalvikar der geheimen Kammer.

Imprimatur abgelehnt. Oberauditor des heiligen Palastes.

In der Erinnerung derer, die das Bild noch gesehen hatten und die den nachfolgenden Generationen davon berichteten, also auch in der Erinnerung derer, denen es erzählt worden war und die es weitererzählten, also in der gemeinsamen Erinnerung aller Bürger der Stadt – aber gibt es eine andere glaubhafte Erinnerung? – war es das schönste und bedeutendste Bild, das je erschaffen wurde. Ein labyrinthisch gemaltes Polyptychon, das in seinen sich mehrfach überlagernden Perspektiven, ineinander verschachtelten Ebenen und vielfachen Blickpunkten die Gleichzeitigkeit der Welt zeigte, die dem Menschen gesetzte Grenze von Zeit und Raum in einem einzigen wahrhaften Augenblick aufhob. Dieses Bild stellte für die Zeitgenossen die gesamte damalige Welt dar, wurde für sie zum Sinnbild ihrer Welt, in einer Vollendung, wie sie seither nie mehr gesehen wurde, in einer Harmonie, die verlorenging, in einer künstlerischen Meisterschaft, die ausgestorben ist. Es existierte nur noch in den Beschreibungen und Interpretationen der Bücher und verlangte nach der Phantasie eines lesenden Menschen, der sich frei von jeglicher Begrenzung die Welt vorstellen konnte, denn das Gemälde selbst war durch ein unerhörtes Ereignis unauffindbar verloren.

Auf diesem Bild, so sprachen die Buchstaben zum Leser, sah man eine Studierstube, in der ein Lesender vor Büchern saß, die Wand zur Welt war nicht vorhanden, der Blick ging weit über die Stadt und die Landschaft bis zu den fernsten Kontinenten, man sah detailgenau Städte und Dörfer und Äcker und Wälder und Flüsse und Seen und Berge und Meere. Im Zentrum der Stadt, so erzählten die sorgfältig gedruckten Lettern, sah man durch offene Mauern in die dunkle Kathedrale des alten Glaubens, darin die betenden Pilger vor einem goldenen Altar, das helle Haus der Bücher mit den Wänden voller Folianten, darin auf einem Pult dieses aufgeschlagene Buch, den stillen Palast der Bilder, in dem sichtbar auch das Bild hing. In den Straßen Zunftgenossen bei ihrer Handwerksarbeit, stolze Bürger vor stattlichen Häusern, die Stadtmauern mit ihren Wehrtürmen, die große Brücke, der schimmernde Fluss. Auf Booten wurden volle Fischernetze eingeholt, darüber ein kreisender Vogelschwarm, und weiter draußen Bauern bei der Aussaat und der Ernte, bei der Weinlese und beim Schlagen des Winterholzes für ihre Hütten, fern die Schiffe in den Häfen und auf stürmisch hoher See, dahinter verschneite Bergspitzen und endlose Wüsten. Ein Bild aus Nähe und Ferne, Tag und Nacht, Licht und Dunkelheit, in der Unendlichkeit einer Luftspiegelung, in der Dauer eines Augenblicks, in der Ewigkeit aus Geburt und Tod, Beginn und Verfall, Aufstieg und Untergang. Man sah Sommerfeste und Wintervergnügen, Arbeit und Kontemplation, Sünder und Heilige, den Turm von Babel, den Rufer in der Wüste, den Kaiser auf seinem Thron, den Papst mit segnender Hand. Gerüstete Heere in Zeltlagern, das Feuer der Inquisition, das Geld der Bankiers und die Demut der Bauern, den Eroberer mit seiner Fahne und die Eingeborenen auf den Knien, die phantasievollsten Tiergestalten in paradiesischen Landschaften. All das gemalt mit den spitzesten Spitzen der feinsten Dachshaarpinsel, jedes Haar war einzeln gemalt, die Hand eines Menschen schien zum Anfassen, jeder Kopf war eine Skulptur und noch der unbedeutendste Mensch eine Komposition aus mehrfachen Farbschichten in kostbaren, längst vergessenen Farben: Malachit, Azurit, Massicot, Sandarach, Kupfergrün und Alabaster.

Das Bild mit dem stolzen Titel *Die Welt des Menschen* war das Licht der Stadt, Jahrzehnt für Jahrzehnt hing es im Rathaus, es war selbstverständlich geworden, für die Bürger der Stadt nicht weiter bemerkenswert, den Maler hatte man vergessen. Als die Stadtschatulle mal wieder leer war, verkaufte man es daher an einen Bilderhändler. Seltsamerweise lag die Stadt danach monatelang unter dunklen Wolken, es regnete ununterbrochen, der Fluss trat über die Ufer, es gab eine Missernte, der Wein war sauer. Man kaufte in einer seltsamen Ahnung das Bild zum dreifachen Preis zurück, und die Stadt lag wieder im Licht.

Nach einer Plünderung durch Landsknechte, deren Kommandant das Bild abtransportieren ließ, gab es eine grausame Dürre, die Brunnen trockneten aus, der Fluss versiegte, das Korn verdorrte auf den Feldern. Eine Delegation des Rates reiste lange hinter den Landsknechten her, die plündernd und brennend umherzogen, erlebte viele Abenteuer, suchte und fand das Bild zur Erleichterung aller auf einer abgelegenen Burg und kaufte es gegen ein Lösegeld zurück. Am nächsten Tag fiel wieder der fruchtbare Regen.

Der Rat der Stadt war daher froh, als der kunstsinnige Bürgermeister Wenzel der Stadt eine große Summe Geldes in kuranter Währung bot, um das Bild alleine zu besitzen. Es gab da keinen Argwohn, Kaufmann Wenzel wohnte in der Stadt, das Bild blieb also auch in der Stadt, das gezahlte Geld vermied eine Erhöhung der Steuer, wer sollte etwas dagegen haben, wenn Wenzel das Bild alleine anschauen wollte. Ein Kunstliebhaber eben, der den Pilgern handgemalte Heiligenbilder verkaufte, von Frauen in Heimarbeit nach einer Vorlage gemalt, der Holzsplitter vom Kreuze Jesu verkaufte, die er im Schwarzen Wald aus den hohen Tannen schnitzen ließ, die sich auf diese Weise im Wert vergoldeten.

Viele hatten allerdings den Verdacht, Kaufmann Wenzel kaufe, weil er mit einer Wertsteigerung des Bildes rechne. Doch er verkündete den Bürgern in einer großen Rede im Rat der Stadt, dass es ihm nur um die Kunst gehe, nur um dieses Bild. Er bitte um Verzeihung, aber er sei ein Sammler. Und ein Sammler sei ein Mensch, der nur glücklich sei, wenn er etwas, was allen gehöre und allen zugänglich sei, für sich habe.

Die Stadt verkaufte das Bild, Wenzel transportierte es in einen Raum tief unter der Erde, den er Tresor nannte, saß von nun an alleine davor, wurde kaum noch gesehen, betrachtete in nächtlichen Stunden schweigend die helle gemalte Welt, die ein Paradies war, während man das von der Welt außerhalb des Tresors nicht behaupten konnte, seine Augen ruhten gefällig auf der Schönheit dieser Welt, die ihm gehörte, die er besaß, die sein Eigen war.

In der dritten Woche nach dem Verkauf des Bildes erschütterte ein Erdbeben den Teil der Stadt, in dem Wenzel in seinem Tresor saß. Tagelang suchte man nach diesem Tresor, nach dem Kaufmann Wenzel und nach dem so wunderbaren, einmaligen und plötzlich von allen heißgeliebten und außerordentlich geschätzten Gemälde, das man nun, oh Schreck, nicht mehr vor Augen hatte, wie man es doch ganz alltäglich gewohnt war, aber Kaufmann Wenzel, der Tresor und auch das Bild blieben für immer verschwunden.

Die Stadt war nun ohne ein Bild von sich und der Welt. Ihre Bewohner entwickelten dadurch einen Hang zur Eigenbrötelei, zu besserwisserischen Wahrheiten in Distanz zur Welt und zu fremden Menschen. Sie isolierten sich auch untereinander, misstrauten sich, zählten ihr Geld zweimal, und fast hätten sie die Brücke zum Ausland, wie sie die übrige Welt nannten, abgebrochen.

Das Bild gab es nur noch in den Buchstaben der Bücher – die im Gegensatz zum Bild für immer und für alle da waren – und verlangte nach der Phantasie eines Lesenden, der, wie der Lesende auf dem Bild, die dem Menschen gesetzten Grenzen von Zeit und Raum überwand, um sich in Freiheit seine eigene Welt zu bilden, in der wechselnden Perspektive ineinander verschachtelter Geschichten, den vielen Augenblicken einer gestalteten Erinnerung.

Ein kleines Tondo verdrängte mit der Zeit die Erinnerung an das verschwundene Stadtbild. Die runde Miniatur hing im größten Saal des Museums als einziges Bild an einer Wand und erregte allein dadurch Aufmerksamkeit und Bewunderung. Der Maler hatte die Häuser, Straßen und Plätze nach ihrer Bedeutung gemalt, die Zunfthäuser und das Rathaus waren herausgehoben und mit ihrer Fassade zu sehen, die Durchgangsstraßen und die Hauptplätze breit ausgemalt, der kleine Hügel der Stadt wurde zum schroffen Felsen, auf dem die Kathedrale, die Bibliothek und das Museum, erneut gedreht und zum Betrachter ausgerichtet, den größten Raum einnahmen. Davor ein Labyrinth aus verschieden hohen Häusern, schmalen Gassen und kleinen Plätzen, für Fremde ein Verwirrspiel, für die Bürger der Stadt eines mit ihren Erinnerungen, in denen wie in der Perspektive dieses Bildes die kleinen Erlebnisse kleiner und die großen Ereignisse größer waren. Das Tondo hielt nicht wie andere Bilder einen Augenblick in der ablaufenden Zeit fest, es zeigte die Ewigkeit als Augenblick des Menschen.

Der Fluss und die Brücke, die die Gründung der Stadt ermöglichten, bildeten ein Kreuz, überwölbt durch den Kreislauf der Sonne und die Bahn der Sterne, die sich wiederholende Zeit und die fortschreitende Zeit,

Gleichförmigkeit und Veränderung überschnitten sich an diesem Punkt. In der Mitte der Brücke sah man tief hinab über die kantigen und unbewegten Steine des Brückenpfeilers auf das ununterbrochen dahingleitende Wasser, und den Menschen wurde in einem kurzen Moment bewusst, dass im stetigen Wandel auch das Beständige ihr Leben bestimmte.

Der Fluss und die Brücke verbanden die Stadt mit der Welt, verbanden Morgenland und Abendland, alte und neue Welt, Berge und Meere und die Menschen aller Sprachen. Der Fluss brachte aus dem immerwährenden Eis über Gestein und Geröll die Sagen einsam lebender Menschen, floss breit und mächtig durch fruchtbare Länder und große Städte, öffnete sich in den Häfen dem Meer und den Seglern mit dem Gewimmel der Seeleute, Händler und Forscher, die ihre exotischen Mitbringsel aus den Ländern unter einer heißen Sonne mit Frachtschiffen flussaufwärts schickten, dazu märchenhafte Berichte von fremden Völkern, Tieren und Pflanzen, von Gold und Diamanten, von unbekannten Kulturen, beglaubigt durch andersfarbige Menschen, die man noch nie gesehen hatte, die man in der Stadt gegen Eintritt besichtigen durfte.

Der dahintreibende Fluss war der bewegte Erzähler unvereinbarer und unvorstellbarer Geschichten einer sehr runden Welt, die festgebaute Brücke brachte eher die Realien unter die Menschen. Unbewegt verteilte sie Politik und Geschäft zwischen Städten und Ländern, war Brücke zwischen Krieg und Frieden, Reichtum und Armut. Bankiers aus südlichen Städten trafen hier auf Kriegsherren des Nordens, Seidenhändler auf Hofmeister von Fürstenhöfen, reisende Kaufleute von fernen Messen auf ortsansässige Geldwechsler, Turbanträger in wallenden Gewändern auf felltragende, bärtige Gestalten. Kriegserklärungen wurden auf der Mitte der Brücke vor der kleinen Kapelle überreicht – etwas später dann die Friedensabkommen an einem herbeigetragenen Tisch unterzeichnet –, die man als Grenzmarkierung auf dem Scheitelpunkt der Brücke errichtete.

Auf dem Fluss und auf der Brücke kreuzten sich die Geschichten und die Nachrichten, die Erzählungen und Berichte, für die es keine Grenzen gab, weil sie die gegen die Veränderung der Welt errichteten Grenzen wie ein Vogelschwarm überflogen, um auf beiden Seiten der Brückenkapelle aufeinanderzutreffen.

Mit dem Schmelzwasser kamen die grauen Sagen und Prophezeihungen der Berge, flossen über die Gletscher mit dem Fluss hinab, stauten sich mit den letzten Eisschollen an der Brücke, belagerten die Stadt, von den Flößern immer wieder neu erzählt vor ihren nächtlichen Feuern auf den großen Holzflößen. Alte, von allen auswendig gekannte Geschichten wie die vom Teufel, der einen Felsbrocken auf einen Einsiedler warf, der aber ein Kreuz schlug, worauf der Felsbrocken in eine tiefe Schlucht stürzte, der Teufel hinkend davonlief und der Felsbrocken seitdem eine Brücke über einen gefährlichen Wasserfall bildet. Neue und fremde Geschichten von den Ritualen bemalter, nackter Menschen, die die Köpfe ihrer Feinde eingeschrumpft als Zierde um den Hals trugen, deren wilde Tänze viele Tage und Nächte andauerten, trommelnde Völker mit

Gold- und Silberbehängen, buntschillernde sprechende Vögel, Schlangen und Reptilien in dunklen Dschungeln, Pyramiden und Statuen fremdartiger Götter auf den Inseln ferner Meere.

Und die Pelzträger mit ihren Bärenjagdgeschichten trafen auf die Geschichten der Schlangenbeschwörer, Mongolen mit den Kamelgeschichten der Seidenstraße trafen auf afrikanische Geisterbeschwörer der Weihrauchstraße, und nie nahm es ein Ende mit den vielen tausend Geschichten, die der Fluss brachte, und nie würde es ein Ende nehmen, solange das Wasser die Berge mit dem Meer verband und die Menschen mit den märchenhaften Erzählungen ihrer Welt beglückte.

Die schlimmen Nachrichten und Neuigkeiten kamen über die Brücke, Berichte von Feuersbrünsten und Erdbeben, von Trockenheit und schlechten Ernten, Überschwemmungen und Hungersnöten, Pestilenz und Cholera. Kriegsgeschichten krochen auf allen vieren über das Land, wälzten sich blutig über die Brücke, verworren, unverständlich, kaum anzuhören, Geschichten von menschlichem Leid und bösem Schicksal, von Mord und Totschlag, von angezündeten Bauernhöfen und brennenden Städten, niedergerittenen Ernten und vergewaltigten Menschen, sie stellten alles, was man vom Menschen Gutes dachte, auf den Kopf, denn der Mensch trat nun als bösartiges Raubtier auf.

Mit den Kriegsgeschichten flohen die Menschen, trafen auf der Brücke vor der Kapelle auf Hilfswillige oder Ablehnende, wurden aufgenommen oder abgewiesen, doch ihre Schreckenserzählungen zogen weiter, erreichten auch Gleichgültige, blieben als langanhaltende Albträume, verbreiteten Entsetzen und Angst.

Manchmal fiel eine Schreckensgeschichte von der Brücke in ein Boot am Ufer, versteckte sich, wurde vergessen, nach Monaten flüsternd gehört, flüsternd weitererzählt, weil so unglaublich, und kroch in die Träume der Stadt. Manchmal kletterte auch eine Geschichte als Skelett aus dem Wasser auf die Brücke, verbreitete sich so rasch wie eine ansteckende Krankheit und wurde noch nach Jahren den ungehorsamen Kindern erzählt: Dann holt dich der Knochenmann. Es gab Geschichten, die wie Nachtschattengewächse im Mondschein an den Hausfassaden emporkletterten, in die Wohnungen eindrangen, die Zimmerecken besetzten, in der Dämmerung erzählt wurden. Doch die Zeit, die langsam schnelle Zeit, die alles verändert, Altes in Neues verwandelt, tröstete die Menschen mit den bunten Geschichten des Flusses, denn die Wundermärchen besiegen die Angst und den Schrecken.

Nur die Maler malten wieder ihre Bilder, die so selten in die Welterzählungen passen, weil die Bilder eine andere Welt zeigen, befremdend und unbekannt, aber unleugbar vorhanden, ganz unbewusst unter den Worten schlummernd, und deshalb waren die Bilder wichtig und notwendig, als Kontrast zu den Worten, und so standen immer Maler mit ihrer Staffelei auf der Brücke, malten in vielen Perspektiven die Stadt, die Menschen und das jeweilige Geschehen, ausgenommen natürlich an den Tagen, an denen der bewegte Fluss mit einem Hochwasser die starre Brücke in Einzelteile aufgelöst dem Meer zutrieb. Fähren pendelten dann über den

Fluss, bis die Brücke, zunächst behelfsmäßig auf Pontons, dann auf Holzpfeilern, danach auf Steinbögen, wieder ein Flussübergang war, die Verbindung zwischen den Kontinenten und Meeren, denn die Brücke wurde immer als Erstes wieder aufgebaut. Der Fluss musste sie ertragen, denn ohne die Geschichten und Nachrichten, ohne die Worte, Sätze und Erzählungen konnten die Menschen nicht leben.

IV Erzählen wir …

Das Gedächtnis bringt nicht die Wirklichkeit selbst herauf, denn sie ist für immer verschwunden. Aber es weckt die Worte, die die Wahrnehmung der vergehenden Wirklichkeit durch die Vermittlung der Sinne als Spur im Geist hinterlassen.

AUGUSTINUS

Erzähltes erzähle ich.

HERODOT

Vor der Kathedrale, auf deren Fassade der Weltenherrscher unter einem Glücksrad das Buch des Lebens hielt, stand, saß und lag in kunstvoller Gruppierung der gestrenge Orden der Lahmen und Blinden, der Einarmigen und Einbeinigen, der Schüttler und Röchler, Gestalten der Totenwelt mit der Klapper des Lazarus in der Hand, schwarze Umhänge, maskenhafte Gesichter, vorgestreckte Hände, sich windend wie Laokoon.

Bei jedem Kirchgang, wenn sich die schweren Kupfertüren mit den Ornamenten und Arabesken zum vergoldeten Labyrinth der Prächtigkeit und Allmächtigkeit öffneten, unter dem triumphierenden Geläut der Glocken und dem jubilierenden Klang der Orgel, begann das Ritual der flehenden Hände, bettelnden Stimmen, verzweifelten Blicke, ein einziger zuckender, stöhnender, schreiender Körper aus Blut und Geschwüren, Aussatz und Krämpfen, ein weissagender und wehklagender Chor, den Menschen warnend, der nicht bedenkt, wohin sein Weg ihn führt: die vielstimmige Prophezeihung von Pest und Cholera, Krieg und Massenmord, Brand und Plünderung, die eingeübte Litanei der Schreckensbilder unter dem Rasseln der Lazarusklappern.

Und aus dem Körper der vielen erhob sich in machtvoller Würde und aufrechter Haltung, ihre rechte Hand in einer königlichen Geste vorgestreckt, eine alte und blinde Bettlerin, Anführerin des Chors der Bettelnden.

Vom ersten Glockenschlag in der Morgenhelle bis zum letzten Läuten in der Abenddämmerung saß sie wie auf einem Thron an ihrem angestammten Platz vor der Kathedrale, unter dem weißen Himmel des glühenden Sommers und unter dem grauen Himmel des eisigen Winters. Sie erhob sich nur zur Ehre Gottes am Anfang und Ende einer Messe, um in stoischer Haltung die ihr zustehenden Münzen zu empfangen. Ein Entgegenkommen, das dem Geber gestattete, ein gutes Werk zu tun, das von Gott belohnt werden würde.

Die Kirchgänger verbeugten sich vor ihr, küssten ihre von den Münzen verkrüppelte Hand. Sie hatte schon als Kind die Münzen ihrer Urgroßeltern prüfend in den Mund genommen, hatte das Gesicht der Menschen abgetastet, um den Charakter zu erkennen, deren Handlinien nachgezogen, um das Schicksal zu erfahren, das sie verschwieg. Erst danach nahm sie die Münzen, ein Gnadenakt, den sie den schlechten Menschen verweigerte, ihnen spuckte sie die Münzen wieder vor die Füße.

Für sie waren tausend Jahre wie ein Tag, mit geschlossenen Augen sah sie die unbewegte Zeit, sah die Kinder in Weiß durch das Portal der Kathedrale gehen, sah die Alten in Schwarz wieder herauskommen und schwieg. Sie hatte gesehen, wie Kirchtürme hin und her pendelten, hatte die Glocken wimmern hören, hatte die Städte vernichtet gesehen, die Häuser zerstört, die Straßen voller Leichen, hatte die Erde sich öffnen sehen, die Flüsse brennend, hatte die stürmischen Winde gespürt und die schwarze Sonne am einsamen Himmel. Und sie wusste: Die Erde hatte ihren Lauf ohne die Menschen begonnen, sie würde ihn ohne Menschen beenden.

Um sie herum lustwandelten die gesitteten Damen und Herren, führten angenehme Gespräche und verhandelten ihre Geschäfte, die sie nachts gut schlafen ließen, unter dem gestirnten Himmel, der für sie das Firmament ihres guten Gewissens war. Ein Newton behauptete zwar, dass Raum und Zeit sich ständig bewegten, andere erklärten, dass das Weltall ohne Anfang und Ende sei und viele Sterne, deren Licht man noch sah, längst erloschen seien. Beunruhigende Gedanken, Ungewissheiten allüberall, am besten man vertraute weiterhin dem altbewährten göttlichen Karussell dort droben, dass sich diese Stadt in exakt berechenbaren Stunden, Minuten und Sekunden wieder der Sonne zuneigen würde, zu einem neuen Tag, zu vielen neuen Tagen, die auf all die vielen Nächte folgen würden. Obwohl man zugeben musste, dass auch das ein ungewisser Gedanke war, arbeitete man in diesem Durcheinander von Vergangenem und Zukünftigem weiterhin fleißig und ordentlich an der Erschaffung der Zivilisation, die man der Einfachheit halber Gegenwart nannte, ein Kontinuum, das von nun an das stillstehende beruhigende Jetzt war, die beste aller Welten, das war nun wieder gewiss.

Und um die innere Unruhe, die nagende Angst zu besänftigen, gab man mit großer Geste den Bettlern eine geringe Gabe, um ein guter Mensch zu sein und die Angst zu vertreiben. Die Bürger der Stadt lebten in dem selbstgemalten Bild einer festgefügten Welt, in einer Ordnung, in der sie sich gefangen hielten, an die sie sich klammerten, in den Stunden, die sich leise atmend in den Sand der Zeit verwandelten. Denn das vorgetäuschte Ziel, der Mittelpunkt des Labyrinths, war eine sich nie erfüllende Verheißung. Und wer diese Ordnung verließ, weil er sie nicht mehr ertragen konnte, den strich man für immer aus dem Buch der Lebenden, der war tot und vergessen, den hatte es nie gegeben, denn er hatte diese selbsterschaffene Welt verraten. Jede Schöpfung hat ihren Preis.

Nur der Fluss erfuhr von den Geheimnissen der Angst, von der Erkenntnis, dass die Welt nicht so war, wie sie war, ihm konnte man vertrauen, und so standen sonntags die Bürger auf der Brücke und beichteten dem Fluss, und der Fluss nahm all die leisen Worte schweigend mit sich und trug sie weit fort in eine Ferne, in die nur der Kassandrablick der alten und blinden Bettlerin reichte, aufrecht stehend vor dem weissagenden Chor der Bettler, die nichts besaßen und nichts fürchteten und nur da waren.

Die Namen der alten Geschlechter, der Götter, der Helden, der großen Herrscher, von Generation zu Generation in Mythologien und Märchen erzählt, waren nur noch ein dunkles Vergessen. Die Erinnerung ein Buch aus überschriebenen Worten, ein übermaltes Bild.

Jeder hatte jetzt einen eigenen Namen, und all die Namen überzogen das Land, das nun ebenfalls ihren Namen trug, mit einer unaufhaltsamen Flut von Plänen und Absichten und Gedanken, um immer nur zu erfahren, dass das Leben unvorhersehbar, unbestimmbar und namenlos war. Der Tod erlaubte keine Gewissheit, hielt sich nicht an Pläne und Absichten, löschte die Gedanken aus. So blieb das meiste unvollendet, die gedachte Ordnung endete im Chaos, das Vergangene erschien drohend als dunkle sich wiederholende Zukunft, Göttermythen, Heldensagen, Herrschermärchen. Es gab keinen reinen Anfang, der Weg führte über das welke Laub alter Gräber.

Doch die Toten hatten keine Angst mehr vor dem Tod, ruhten im Zweifel, glaubten nicht an das Endgültige und sagten: ›Wir werden sehen.‹ Der Geist des Menschen durchstreift weiterhin die Welt, um die Wahrheit zu erkennen und ihr zu widersprechen, an sie zu glauben und ihr wieder überdrüssig zu werden. Und so gerät er auf mancherlei Spur, beobachtet und denkt und ergründet, doch seine Entdeckungen sind mehr seltsam als vernünftig, was man eben so zufälligerweise auf einem Lebensweg findet.

Die Erkenntnis des Menschen ist nur vorläufig, jeder hat seine eigene Interpretation der Welt. Welches sind die rechten Begriffe? Welches sind die wahren Begriffe? Sind sie alle wahr? Ist keiner wahr? Und wer soll das entscheiden? Und so wurden Jahr um Jahr die alten Bücher neu geschrieben, neue Bilder gemalt und neue Lieder gesungen.

Aber ist die nie endende Suche nach der Wahrheit, der Tod mag lachen, nicht reizvoller und interessanter als der Besitz der Wahrheit? Besitz ist lediglich zu verwalten, ein langweiliges Geschäft. Aber welch aufregendes, das Leben befruchtende Abenteuer ist es doch, die Wahrheit zu suchen. Bot das Meer den Menschen nicht tausend Fahrtrichtungen, das Gebirge nicht tausend Pfade, die Ebene nicht tausend Wege? Hoben und senkten sich die Berge nicht wie das Wasser, das aus dem Meer aufstieg und Flüsse und Seen erschuf und die Ebenen veränderte, suchten Fische und Vögel nicht kreisend und schwebend immer erneut ihren Ort, sollte der Mensch auf einen Punkt fixiert sein, auf eine Wahrheit? Alles ist aus den gleichen Gründen in gewisser Hinsicht wahr, aus denen es in gewisser Hinsicht falsch ist. Oder wie die Toten sagen: ›Wir werden sehen.‹

Die Sonne hatte vom Morgen bis zum Abend die Stadt erhellt, zog ihre Schatten über Gassen, Straßen und

Marktplatz, blendete die Menschen. Die Türme der Kathedrale wandelten wie die Zeiger einer Sonnenuhr über den Vorplatz. Die Häuser verbeugten sich vor ihren rasch verschwindenden Schatten. Die Bücherrücken der Bibliothek prangten in ihrem Golddruck, leuchteten in den alten Sprachen. Die Bilder im Museum suchten das Licht der großen Fenster, ohne die ihre Farben blind gewesen wären.

Nun zog der reflektierende Mond durch die Dunkelheit, die die Sonne ihm hinterlassen hatte, er übernahm ihre Schatten und verwandelte die Tagesgedanken in Träume. Er tröstete die Schlaflosen, beruhigte die Kranken und schenkte dem Nachtphilosophen, der durch die Gassen irrte, das silberne Licht der Erkenntnis.

Die Welt verändert sich im Schlaf. Manch einer schläft leicht in hellen Träumen, als läge er in den Wolken, träumt von dem glücklichen Ort auf der Welt, der einem in der Kindheit versprochen wird, ein Versprechen, das ausgehöhlt vom Leben nur noch in den Träumen ist. Das Gesicht der Kindheit als tiefste Wahrheit, denn wir waren alle einmal Götter.

Manch einer ist in dunklen Träumen gefangen, kämpft sich durch die Nacht, träumt sich in Enge und Gefängnis, rudert durch das Totenwasser in ein schwarzes Grab, erwacht in einem Angstschrei und fällt in den gleichen Traum zurück.

Die Stadt treibt dunkel und verschlossen wie eine versteinerte Insel durch die nächtlichen Nebel, die vom Fluss aufsteigen. Ein schwarzzerklüfteter Fels aus Türmen und steilen Dächern, engen Gassen und verwitterten Grabsteinen als Ballast treibt durch die Nacht mit sparsamen Positionslichtern, dem Totenlicht eines Verstorbenen, dem flackernden Kerzenlicht eines Kranken, der Öllampe eines Mannes, der noch über den Kontorbüchern sitzt. Treibt durch die Träume ihrer Bürger, gehalten von der Brücke am Fluss als Anker, bewacht von stummen Dohlen auf den Dächern und den still am Ufer vertäuten Kähnen.

Träumende Stadt, die Uhren ticken sinnlos, die Zeiger drehen sich im Kreis und finden keinen Ausweg. Die Erinnerung zieht durch die Träume, das Leben ist die Gewöhnung an das Vergessen, ein Verdämmern zum Todesschlaf.

Ein Stoß. Ein leichtes Beben. Lichter blinken. Uhren schlagen. Die Träumer erwachen. Die Kähne schwanken. Die Dohlen kreisen über den Häusern.

In den Träumen ist ein Weg, im Wachen schwer zu finden. Wir haben nur den bisherigen Weg, aufgezeichnet in Büchern, festgehalten in Bildern. Menschen sind Schatten der vergehenden Zeit, erinnert in den Worten der Bücher, aufgehoben im Licht der Bilder. Und auch die Stadt existiert irgendwann nur noch in der Beschreibung alter Folianten, auf Zeichnungen, Stichen und farbigen Leinwänden.

Die Allegorie der Welt
oder
Die großartige Entdeckung und Eroberung der erstaunlichen Erde durch ihre märchenhafte Beschreibung und phantasievolle Ausmalung in Büchern und Bildern daselbst

> Was helfen Fackeln, Licht oder Brillen,
> so die Leut nicht sehen wollen.
> HEINRICH KHUNRATH,
> *Amphyteatrum sapientiae aeternae*

Der Erste, der die Erde berechnete, Kreise, Quadrate und Dreiecke erfand, die Zahlen beherrschte, die Himmelsrichtungen festlegte, die Elemente bestimmte, mit seinem Wissen und seiner Technik Straßen und Städte errichtete und das Land einteilte, das den Menschen ernährte, kleidete und beherbergte, Baumeister und Architekt, Mathematiker und Geograph, Astronom und Archivar der Sprachen – am siebten Tage sah er von seiner Arbeit auf, legte das große und das kleine Werkzeug aus der Hand, um in Ruhe die von ihm erschaffene Welt zu betrachten, und sah, dass sie nicht gut war, dass er gemessen, geplant und geordnet hatte wie ein Schöpfer, dass ihm aber die Erde, auf der er stand, abhanden gekommen war, dass er da stand wie einst Hiob, der arbeitsam und ehrbar gelebt hatte und darüber doch seinen Gott verlor.

Viele dieser Wissenden zogen sich in die alten Klöster oder in die neuen Universitäten zurück, gründeten Akademien und Denkschulen, erarbeiteten Thesen und verwarfen sie, um neue Wahrheiten zu finden, die oft nur die alten Erkenntnisse enthielten, und so schloss sich wieder ihr Kreis, der sich einst in Dreiecke und Vielecke, rätselhafte Elemente und ungeklärte Himmelsrichtungen aufgelöst hatte.

Andere Menschen beschritten den Weg, der vor Zeiten einmal eingeschlagen worden war und den man, das war die Erbsünde, weitergehen musste. Was da kam, wusste man nicht, konnte es nicht wissen, man musste es erst entdecken. Erschreckend große Meere und Kontinente, liebliche und raue Landschaften mit seltsamen Tieren, nie gesehene Völker und Kulturen mit eigenartigen Göttern und Ritualen, man war ein Fremder unter Fremden, nur Sonne, Mond und Sterne schienen als gemeinsame Heimat und Orientierung für alle.

Einzelne machten sich auf, ritten davon, schifften sich ein, verschwanden auf Jahre, ehrfürchtig nannte man ihre Namen, sie waren nun die neuen Weltschöpfer. Kamen sie zurück, entwarfen sie das Bild der Erde als den wiedergefundenen Garten Eden, das so lange verheißene Paradies. Sie beschrieben die Eigenarten der Länder und Völker, sie malten die Natur und die Menschen und erschufen ihre Geschichte noch einmal in märchenhaften und phantasievollen Bildern und Worten, auf dass der Mensch ein genaues Bild von sich und seiner Welt habe.

Viele gingen nun auf Entdeckungsreise, die Bücher in der Hand, die Bilder im Kopf, beschrieben Häfen und Handelswege, Karawansereien und Städte, Wüsten und Dschungel, Flora und Fauna, Herrscher und Völker und ihre Sitten und Bräuche. Sie wurden Indianer unter Indianern, Araber unter Arabern, Chinesen unter Chinesen, beschrieben die Abenteuer der Reise, die Erlebnisse mit Fremden, Gruselgeschichten und Liebesgeschichten, oft heirateten sie eine Eingeborene, wurden zu Weltbürgern, ihre Bilder und Bücher wurden immer farbiger und phantastischer.

Maler stellten ihre Staffelei vor das von alten Schreckensgeschichten aufgewühlte stürmische Meer, das nun mit Kompass, Segelkunst und gut gezimmerten Schiffen zu bezwingen war und auf ihren Bildern eine harmonische Endlosigkeit darstellte mit sanften Wellen und Sonnenaufgängen und Sonnenuntergängen, je nach Bestellung. Sie stellten ihre Staffelei vor die von Märchen, Sagen und Mythen umnebelten Alpen, schneebedeckte und wolkenumhüllte Dächer der Welt, die keines Menschen Fuß je betreten hatte, malten ihre Vues des Alpes, romantische Bilder, die das Entzücken der Menschen wachriefen, die erst durch diese Bilder die Natur sahen. Man wanderte, den Bildern folgend, durch Täler und über Höhen, bezwang Pässe und Gletscher, bis in jeder Steilwand eine Bronzetafel von ihrer Erstbesteigung kündete.

Die Produktion stieg, mancher Maler malte im Atelier schon Bilder nach Bildern anderer Maler, die noch vor Ort gemalt hatten, sie waren noch schöner und noch romantischer. Manche Autoren schrieben ihre Bücher nach Büchern anderer Autoren, die noch die Reise angetreten hatten, sie waren noch interessanter und abenteuerlicher. Und so wie es nun schon Maler gab, die frei erfundene Landschaften malten, gab es Autoren, die Bücher über ferne Länder schrieben, ohne ihr Zimmer zu verlassen. Und alles sah so aus und las sich wie ein gefälliger Sonntagsausflug, die Bilder hingen an der Wand, die Bücher standen im Bücherschrank, Bilder vom Glück, Bücher über Ideale, die Schönheit der Natur, das Leben in Arkadien. Man hatte die Welt entdeckt, so glaubten viele. Hatte man die Welt entdeckt?, fragte manch einer. Oder hatte man sich in einem neuen Labyrinth verirrt?

Denn der Regen, der regnet jeglichen Tag.

Die Straßen und Plätze einer alten verwinkelten Stadt bilden ein Labyrinth, welches sich öffnet zum Labyrinth der Kathedrale, das die Pilger, gläubig die vorgeschriebene Litanei und den durch die Hand gleitenden Rosenkranz betend, von Altar zu Altar zum Allerheiligsten führt. Ein geordneter Durchgang dauerte Stunden und musste wiederholt werden.

Ein Irrweg führte zum Labyrinth des Museums, in dessen verzweigten Gängen, Sälen und Kabinetten die Bilder in der Vielfalt ihrer Farben und Formen eine eigene Welt zeigten, Menschen irritierten, sie in einen hellsichtigen Zweifel versetzten, so dass sie ihr Leben mit anderen Augen sahen, sich im Altgewohnten nicht mehr zurechtfanden. All die vieldeutigen Bilder, Stiche und Holzschnitte, all die unzähligen Weltentwürfe – ein fragendes Leben ohne jedes Ziel konnte man damit verbringen.

Eine Sackgasse führte zum Labyrinth der Bibliothek, in die Unendlichkeit der Worte, ein Sternenhimmel undurchschaubarer Ordnung, ein Weltall der Alphabete und Sprachen mit den Schriftlabyrinthen der Kalligraphen und Schreibmeister, Bücher, die man beim Lesen drehen musste, die die Welt auf den Kopf stellten, ein Labyrinth mit der weisen chinesischen Inschrift Takla-Makan: Wer mich betritt, findet nie mehr heraus.

Im Zentrum der Bibliothek las der Autor ein altes

Buch mit dem Titel ›Das Labyrinth der Welt‹, darin fand man die wohlgesetzte Vorrede des Verfassers Johann Amos Comenius: ›Lieber Leser, das, was du in diesem Buch lesen wirst, sind Begebenheiten, durch die du das Leben erkennen und verstehen wirst.‹

Dem Buch lag eine eigenhändige Skizze des Comenius bei, die Zeichnung einer Phantasiestadt mit ihren Türmen, Häusern und Buden, die offenbar das Muster aller Städte war. Der Leser betrat in diesem Buch das Labyrinth einer solchen Stadt, wie üblich wollten ihm die zwei Stadtführer ›Allwissend‹ und ›Verblendung‹ eine Brille aus Vorurteilsglas aufsetzen und ihn damit durch das ›Tor des Lebens‹ ins Zentrum der Stadt führen. Doch der Verfasser ermöglichte dem Leser, unter der Brille durchzusehen, und so sah er, wie die Menschen in einem chaotischen Maskenball ihre Geschäfte betrieben, um Beachtung und Anerkennung kämpften und auf all ihren Wegen doch nur dem Tod nachliefen.

Die Führer brachten den Leser zum Schloss der Fortuna, der großen Verkünderin von Macht und Ruhm und Reichtum, doch er sah in versteckten Verliesen die mit Goldketten gefesselten Reichen jammern, auf dem abschüssigen Dach die Großen der Welt auf den wackligen Stühlen der Missgunst sitzen, jeder von ihnen den Tod fürchtend.

Entsetzt flieht der Leser in seines Herzens Kämmerlein, wo Einbrecher eine wüste Zerstörung angerichtet haben. Er macht wieder Ordnung und genießt das wahre und dauernde Glück derer, die sich von dieser Welt und ihren Dingen abgewendet haben und nur noch Gott anhangen.

›Was halten Sie von diesem Schluss‹, fragte Comenius, der aus den Seiten seiner Bücher auferstanden war, den Autor.

›Der Schluss in Ihrem Buch ›Vorspiel zur Pansophie‹ überzeugt mich mehr‹, sagte der Autor. ›Da schreiben Sie gegen die künstliche enzyklopädische Aneinanderreihung des Welt- und Scheinwissens und setzen dagegen eine alle Menschen umfassende universale Wertung der Dinge selbst, nach ihren Ideen und mit allen Differenzen.‹

›So ist meine Meinung. Die Welt ist keine Addition unserer Wirklichkeiten, sie ist die unendliche Differenzierung aller Lebens- und Wissensformen und aller denkbaren und undenkbaren Möglichkeiten. Wir müssen mehr über diese Möglichkeiten schreiben.‹

Comenius machte dabei eine ratlose Handbewegung und sagte: ›Letztlich gilt ja doch nur der alte Bauernspruch vom Tod: Ich regier euch alle. Ich ernähr euch alle. Ich bet für euch alle. Ich verführ euch alle. Ich nimm euch alle hin.‹

›Ich bin da nicht so pessimistisch‹, sagte der Autor, ›gäbe es den Tod nicht, würde niemand nachdenken und sein Leben erzählen. Unser Leben, um das man sich übrigens mehr kümmern sollte als um den Tod, besteht auch aus der Vielfalt unserer Geschichten.‹

Comenius sagte: ›Wir erzählen unsere Geschichten auf der Suche nach der Wahrheit, doch statt der Wahrheit finden wir immer nur neue Geschichten und niemals die Wahrheit, immer nur Geschichten. Ein Labyrinth ohne jeden Ausweg.‹

Der Autor nickte: ›Wie die Geschichte vom Paradies.

Es ist auch nur eine Geschichte. Wir haben uns auf dem Weg dorthin schon lange verirrt und behelfen uns mit unseren Erzählungen. Es sind alte Geschichten nach sehr alten Mustern, die wir immer wieder erzählen, um unserem Leben einen Sinn und der Welt eine Bedeutung zu geben. Wir müssten sonst zugeben, dass wir auf einer ziellosen Wanderung ins Nirgendwo sind. Wir brauchen nun mal unsere guten Motive, unsere erkennbaren Gründe, unsere erhebenden Ideen, den ganzen Kanon der Menschheit, an eine zufällige Ordnung können wir nicht glauben.‹

Comenius warf ein: ›Und deshalb vergessen wir gerne und nehmen nur wenig wahr. Wir suchen einfache Geschichten, auch wenn die Tatsachen anders waren. Jeder hat dann so seine Geschichte, je nachdem wie er lebt. Aber am Ende stellt er fest, es wäre auch eine andere Geschichte möglich gewesen, ein anderer Weg in diesem Labyrinth.‹

Der Autor sagte: ›Wenn wir, um uns die Welt zu erklären, Geschichten erzählen müssen, sollten wir unsere vernünftigen Geschichten um die Narrengeschichten erweitern, dann würden wir eher lernen, unser Leben zu erkennen, in der Freiheit unkonventioneller Erzählungen.‹

›Vielleicht, vielleicht‹, sagte Comenius, ›leider ist die Pansophie unvollendet geblieben.‹

›Es geht nichts über unvollendete Werke‹, sagte der Autor, ›ein Fragment ist offen für die Gedanken der Leser.‹

Comenius antwortete: ›Nicht beachtet zu werden ist eine Gnade des Schicksals.‹

›Da stimme ich zu‹, sagte der Autor.

Sie saßen noch eine Weile still im Zentrum der Bibliothek, dann verschwand Comenius unauffällig in den Seiten seiner Bücher, und der Autor war wieder allein in der Einsamkeit des Lesens und Schreibens, aber das Aufschreiben all der unbekannten Geschichten ist die heiterste Art und Weise, sich vom Leben zu verabschieden.

Für ihn galt das Gedicht des Friedrich von Logau:

Weißt du was in dieser Welt
Mir am meisten wohl gefällt?
Dass die Zeit sich selbst verzehret
Und die Welt nicht ewig währet.

Ein schönes, trauriges, aber wahres Märchen

Es war einmal, so fangen all die alten guten Geschichten an, und deshalb beginnen wir auch so, es war einmal vor langer, langer Zeit ein Mönch, der die Bücher liebte. Seine kleine Zelle war angefüllt mit Folianten, die er bis unter die Decke stapelte, nur mit Mühe fand er noch einen Schlafplatz. Auf der Bettkante sitzend, schrieb er auf seinen Knien neue Bücher, denn Bücher erzeugen Bücher. Der Mönch hieß Daniello Bartoli, sein Kloster stand in einem kleinen Städtchen in Italien, und er glaubte fest und stark nicht nur an seinen Gott, sondern auch an die Allmacht der Bücher. Irgendwann hatte er dann sogar die Eingebung, dass Bücher die Welt regieren können. Bücher hatten die Welt beschrieben und entdeckt, jetzt ging es darum, diese ganz neue Welt durch sie zu beherrschen. All die Ungläubigen und Abergläubigen, all die vielen Religionen und Götter unter ein Gesetz zu zwingen. Eine große Missionsarbeit, nur durch die Bücher und die Macht ihrer Worte zu verwirklichen. Was vermochte dagegen ein einzelner Prediger, und waren seine Worte noch so gewaltig. Wie viele Menschen folgten einer Predigt? Die Bücher dagegen, in Millionen Exemplaren auf Karavellen und Karawanen um die Erde geschickt, erreichten alle Menschen. Man musste nur sehr viele eigene Bücher schreiben und damit seine Weltideen verbreiten. Eine Grundidee, leicht variiert, den verschiedenen Kulturen und Sprachen angepasst, müsste genügen, um die eine einzige Wahrheit durchzusetzen, mit der man alle Völker dieser Welt zu einer Einheit formen könnte.

Zu der Zeit war man ganz allgemein ins Lesen gekommen und von da ins Schreiben. Buchhändler reisten durch Städte und Dörfer, ihre Ware wurde ihnen aus den Händen gerissen. Bücher waren die Offenbarung und Erleuchtung des Alltags. Nicht nur die Städter lasen Bücher, auch die Bauern in ihren Dörfern und die Frauen in ihren Küchen. Und alle versuchten sich dann auch gleich im Schreiben. Städter, Bauern und Frauen. Ein jeder hatte etwas mitzuteilen, hatte neue Erkenntnisse gewonnen, wollte seine Meinung sagen. Ein jeder, der halbwegs das Alphabet beherrschte, schöpfte eigene Gedanken aus seinem Gehirn, natürlich auch die Professoren an der Universität, die Mönche in den Klöstern, die Kaufleute und die Reisenden. Bücher wurden in hohen Auflagen gedruckt und übersetzt und immer wieder neu gedruckt. Es gab Neufassungen der Bibel in Versen und Prosa, neue Interpretationen apokrypher Evangelien, dazu die Reiseberichte aus aller Welt, Chroniken, Supplemente zu Chroniken, Almanache, Novellensammlungen und erste Epen. Bücher wie das Chronicon von Isidor, die Legenda Aurea, die Historia del Giudizio, das Lunario al modo di Italia, die Viaggi di Sir John Mandeville, der über das Heilige Land bis nach Indien und China reiste und zum Schluss sogar im Paradies ankam, das er detailreich beschrieb, waren der Grundstock jeder Bibliothek. Es war also gar nicht so abseitig, dass ein Mönch auf die Idee kam, mit Büchern könne man die Welt regieren.

Von nun an verbrachte der gute Bartoli die Jahrzehnte seines Lebens zwischen seinen Bücherstapeln, Tag und Nacht neue Bücher schreibend wie ein zu lebenslänglicher Haft Verurteilter, eingeschlossen in seiner kleinen Zelle, um in seinen Büchern ein Bild von der Welt zu erzeugen, an das die Leser glauben sollten. Getreu nach Jeremia 23,29, dem Motto seines Verlegers: ›Ist nicht mein Wort wie Feuer, spricht der Herr, und wie ein Hammer, der Felsen zerschmettert.‹

Nun hatte der gläubige Mönch allerdings übersehen, und das ist der Irrtum aller allzu fest Glaubenden, dass der Mensch im eigentlichen Sinne und im Ursprung seiner selbst unregierbar ist, selbst Gott hatte da mit dem ersten Paar im Paradies bittere Erfahrungen machen müssen. Mit der Verbreitung der Bücher war die Sache nur noch schlimmer geworden, denn mit jedem Buch ging der Leser eine sehr persönliche Verbindung ein, ein Mensch mit einem Buch in der Hand begründet lesend eine Phantasiewelt, in der er genauso lebt und agiert wie in seiner realen Welt. Lesende, die viele Bücher in ihrem Kopf gespeichert haben, werden daher doppelt unregierbar, ja, sie werden ausgesprochen widerspenstig, störrisch und bestehen auf ihrer eigenen Meinung, wie der berühmte Prozess der Obrigkeit gegen den Müller Domenico Scandela, genannt Menocchio, aus dem kleinen Bergdorf Montereale im Jahr 1532 bewiesen hat. Durch das Lesen der Bücher wird der Mensch unberechenbar und sieht die Welt anders, als sie von der Obrigkeit beschrieben wurde.

Was geschah nun mit dem schreibenden Mönch, der seine Zelle niemals verließ, die Welt nicht mehr kannte, nur noch die Worte auf dem Papier sah? Chroniken werden zum Ende hin oft ungenau, statt Fakten Vermutungen, statt Daten Ungefähres. Das alte Lied. Wer mag den Tod beschreiben. Oft ist das Ende kläglich, Krankheit und Armut sind die Regel. Je größer der gesellschaftliche Triumph, je lauter der öffentliche Beifall, umso stiller das Ende eines Menschen in Schweigen und in Einsamkeit.

Einige Chroniken berichten, dass seine Bücher ihn erschlagen hätten, ein umgestürztes Regal, man kann aber auch lesen, der Fanatiker einer anderen Weltidee habe ihn ermordet.

Es gibt Vermutungen, sein eigener Orden habe ihn lebendig eingemauert und dem Hoffenden jedes Buch verweigert.

Unter den einfachen Leuten kursiert aber auch eine hintersinnige Geschichte, die so schön ist, dass sie unbedingt wahr sein muss, erklären wir sie deshalb zur Wahrheit. Die dunkle Zelle des Büchermönchs hatte nur ein kleines Fenster. Genau gegenüber diesem Fenster hatte nun aber ein Maler sein Atelier mit einer großzügigen Glasfront. Hinter dieser Glasfront, in der hellen wärmenden Sonne, stellte der Maler seine Ölbilder zum Trocknen auf, so dass der Büchermönch tagtäglich die leuchtenden Farben vor Augen hatte.

Das Schicksal wollte es – nennen wir es so, und lassen wir ihm seinen Willen, obwohl es ja meist nur ein Zufall ist – das Schicksal also wollte es, dass der Maler den Auftrag bekam, für eine neu erbaute venezianische Villa zu malen: Blumen streuende hübsche Engel, leicht bekleidete allegorische Damen aller Art, dazu noch Elfen und Feen mit den Füllhörnern des Glücks in ihren Armen. Er nahm seine sehr schöne, sehr anmutige, sehr fleischliche Geliebte als Modell für alle Frauengestalten, so dass der Büchermönch nun tagtäglich in einem Reigen vielfältiger Positionen die nackte Geliebte des Malers vor Augen hatte.

Den tragischen, vielleicht auch glücklichen, zumindest vorläufigen Schluss der Geschichte müssen wir der Phantasie der Leser überlassen, dem größten Kontinent dieser Welt, mit all seinen unerschöpflichen Wundern und verblüffenden Überraschungen, seinen nie zuvor gesehenen und gehörten Ereignissen, Schrecknissen und Glückseligkeiten. Keine Chronik kann da weiterhelfen.

Aber das Ende, wird mal wieder der Autor gefragt. Ach ja, das Ende. In einer Chronik steht, der Mönch sei plötzlich verschwunden, spurlos, wie in roter Tinte vermerkt wird. Aber das ist ja kein Ende, rufen die Leser und Leserinnen. Ja, das ist so. Gute Geschichten haben kein Ende. Ihr Ende ist immer nur der Anfang einer neuen Geschichte.

Die Stadt hatte sich in der Zeit verfangen, einer Zeit, in der das Gegenwärtige, also das unter dem jeweils geltenden Datum zufällig Wahrgenommene, nur ein Widerschein des Vergangenen war, und das Zukünftige, wenn es denn so etwas Flirrendes geben sollte, was hierorts bezweifelt wurde, als Falschgeld anzusehen sei, weshalb die alteingesessenen Pfahlbürger der Meinung waren, es gebe nur eine wiederholte Vergangenheit, die sich mal als Gegenwart, mal als Zukunft verkleide und alles ausgeschriene Neue, wenn man es denn überhaupt zur Kenntnis nehme, unterscheide sich nicht vom Althergebrachten. Dass die Zeit vergehe und die Welt sich ändere, sei ein fataler Irrtum der Menschen außerhalb dieser Stadt.

Das erkenne man schon auf den Wandteppichen im Rathaus, auf der die Stadt, nicht viel größer als ein Schiff der Welteroberer, unter den Segeln ihrer Dächer vielgiebelig nach innen gebaut und an einer Brücke über einen Fluss verankert, durch das kunstvolle Muster von Kette und Schuss, Hebungen und Senkungen des Kettenbaums und dem Hin und Her des Weberschiffchens ihren gültigen Platz gefunden hatte, bewacht von Einhörnern, Walfischen und fliegenden Drachen, überwölbt vom Lauf der Sonne und der Gestirne, die in einer Allegorie ihre Kreise über der Stadt zogen und die Ewigkeit darstellten.

Die alten Wandteppiche, die alles im Labyrinth der Zeit Geschehene nicht nach dem Ablauf der Chronik, sondern in der Gleichzeitigkeit eines Augenblicks darstellten, die Zeit also aufhoben, formten das Leben der Stadt wie die Erinnerung ihrer Bewohner, und diese Erinnerung reichte weit.

Auf den Bildteppichen ritten Kaiser und Könige selbdritt über die Brücke oder legten in einem geschmückten Boot an der Schifflände an. Fürsten und Kardinäle ohne Zahl traten auf und beehrten die Stadt. Ein Reformkonzil mit unübersehbar vielen Würdenträgern aus der bekannten Welt tagte Jahrzehnte ohne jede Reform. Ein Papst wurde vor der Kathedrale unter freiem Himmel gekürt, umgeben von einem Gefolge, das in seiner Größe und Prächtigkeit auf keinen Wandteppich passte. Auf dem Hügel, auf dem schon vor Jahrtausenden ein römischer Kaiser stand und über den Fluss auf die dunklen Wälder sah, bewohnt von Völkern, die man Barbaren nannte, hatten vor undenkbaren Zeiten die Druiden der Kelten an drei markanten Erhebungen des Umlandes die Sommer- und Wintersonnenwende berechnet.

Eine Zeitmessung, die den Bürgern der Stadt im Prinzip immer noch genügte, denn die Längen- und Breitengrade hatten sich ja nicht verändert, nachfolgende Zeitangaben und Kalender wurden daher nur unwillig und verspätet eingeführt, die Uhren tickten hier anders.

Sie gingen, eine alte Tradition der Stadt, eine Stunde vor, so dass man zwar eine Stunde eher die Stadttore schloss und zu Bett ging, aber eben auch eine Stunde früher aufstand, eine Spitzfindigkeit der hiesigen Bewohner: Schliefen die anderen noch, saß man schon über den Büchern, die Gelehrten über Griechisch und Latein, die Kaufleute über römischen und arabischen Zahlen.

Der offizielle Stadtkalender hinkte dem umliegenden Land zehn Tage hinterher, was alle Reisenden irritierte und bei den Ortsansässigen zu Neujahr immer große Heiterkeit auslöste: Wenn die anderen Länder schon das neue Jahr zählten, lebte man noch eigenbrötlerisch im alten und bereitete sich auf Weihnachten vor.

Die Fasnacht wurde eine Woche später gefeiert. Wenn alle anderen schon wieder in der nüchternen Welt angelangt waren, stieg man in das Kostüm und setzte seine Maske auf, hier Larve genannt. Man verpuppte sich, heraus kam nicht immer ein Schmetterling. Der Kontrast zur übrigen Welt war groß, man feierte sein Narrentum demonstrativ alleine, eine Insel in einer durchregulierten Zeit, und so wurde die Fasnacht zum höchsten Feiertag des Jahres, eine Ehre, ihn zu zelebrieren.

Betrat man diese Stadt, musste man demnach seine Uhr umstellen, im örtlichen Kalender nachsehen, ob nicht gerade ein Sonntag war oder ein von allen anderen längst vergessenes Fest stattfand. Die überall um sich greifende neuere Erfindung der linearen, vorwärtsstrebenden Zeit, die rastlos Jahr um Jahr abzählte, ohne jemals die Zukunft zu erreichen, die unaufhaltsam zur Gegenwart wurde und erinnerungslos im Dunkel der Vergangenheit verschwand, war äußerst unbeliebt. Die Vereinheitlichung der Lebensumstände wurde abgelehnt. Zeit war nur eine Wahrheit in relativer persönlicher Umrechnung.

So wie man mit der Zeit jonglierte, tanzte man mit den Währungen der Welt, ein in der Stadt hochentwickeltes närrisches Spiel. Ganz beiläufig konnte man französische, deutsche, italienische, spanische und niederländische Gold- und Silbermünzen nach ihrem Zinsfuß berechnen und in ein kunstvolles Verhältnis setzen, französische und spanische Dublonen in Florin und rheinische Gulden umwechseln, die sächsische feine Mark Silber zu $10\frac{1}{2}$ Reichstalern, 15 Florin, 45 Kreuzern und die Wiener feine Mark Gold zu 283 Florin, 5 Kreuzern, $3\frac{44}{77}$ Pfennige, in Luzerner Dukaten, Genfer Kronen, Zürcher Pfund und Berner Dickpfennige tauschen und wusste anschließend immer noch, wie viele Basler Doppelassis dabei herausschauten. Dass bei diesen Transaktionen ein bescheidener Gewinn übrig blieb, der den weltweit bekannten Reichtum der Stadt ausmachte, erstaunte alle immer wieder aufs Neue.

Man blieb bei den althergebrachten Maßen und Gewichten, benutzte das Buch eines berühmten Gelehrten, das in einer Druckerei der Stadt erschien und die römischen und griechischen Maße und Gewichte enthielt, nicht nur für die Ärzte und Apotheker von Bedeutung, auch für den Fernhandel immer noch sehr nützlich. Man kaufte mit diesen Maßeinheiten auch auf dem Markt ein, blieb bei Schritt, Elle, Spanne und Fuß, die nach dem Stadtmaß galten, immer noch gab es Kornmeister, Salzmeister, Waagemeister mit ihren alten Gewichten, den Öl-, Fett- und Honigmaßen, den Safran-, Silber- und Messinggewichten, und die Brücke über den Fluss war nach wie vor 715 rheinische Schuh lang.

Bei diesem Wirrwarr eigener Maße, die in den umliegenden Ländern längst abgeschafft waren, war es für die Bewohner der Stadt nicht verwunderlich, dass ein Meisterwerk der Ingenieur- und Vermessungskunst zu einem doch sehr irritierenden Ergebnis führte. Man baute nahe der Stadt eine neue Brücke über den Fluss, das gegenüberliegende Nachbarland baute von seiner Seite aus, man traf sich wie geplant in der Mitte des Flusses, stellte dort aber einen Höhenunterschied von Mannsgröße fest. Die Brückenbauer hatten richtig gerechnet, das gegenüberliegende Land nach den nun schon überall anerkannten Maßen, die Stadtingenieure nach ihren alten Maßen, zudem noch von einer anderen Meeres-Null-Höhe ausgehend als das Nachbarland. Die restliche Welt war erstaunt. Für die Stadtbewohner war es nur die Bestätigung ihrer Eigenheit. Man überbrückte die Schwierigkeit mit Leitern.

Contrafactus imagines ad vivum expressae

MALER Wenn der gnädige Herr Bürgermeister bitte etwas näher zum Fenster treten möchte. Da stehen Sie im Licht und werfen einen schönen Schlagschatten, der sich im Halbschatten des Raumes verliert.

BÜRGERMEISTER Malen Sie den Schatten oder den Bürgermeister?

MALER Keine Sorge. Sie stehen im Licht. Ein Maler sieht immer erst die dunklen Partien in einem Bild. Den Schatten, den einer wirft. Die Dunkelheit, die ein undurchsichtiger Körper erzeugt.

BÜRGERMEISTER Und das eigentliche Porträt?

MALER Die hellen Partien werden zum Schluss aufgesetzt. Hier und da noch einige Lichtflecken, aber sparsam. Man soll nicht übertreiben.

BÜRGERMEISTER Es ist für die Bürgermeister-Galerie im Rathaus.

MALER Wie vereinbart. Ein genaues Bildnis. Contrafactus imagines ad vivum expressae.

BÜRGERMEISTER Eine Ikone der Macht.

MALER Eine Ikone ist ein Fenster zum Himmel. Schattenlose reine Helligkeit, goldenes Licht.

BÜRGERMEISTER Dann malen Sie ein Fenster zur Macht. Meinetwegen mit allen Schatten. Aber auch mit Lichtflecken.

MALER Haben der Herr Bürgermeister noch weitere Wünsche?

BÜRGERMEISTER Die Geldkatze recht groß. Größer als sie ist. Geld ist Macht. Die Leute sollen wissen, wer die Macht hat.

MALER Es sollte ein genaues Bildnis werden.

BÜRGERMEISTER Ich werde das Honorar deswegen nicht kürzen.

MALER Unabhängig vom Honorar gibt es beim Malen zwei Probleme. Man muss jedes Mal erneut herausfinden, was ein Bild ist, und muss immer wieder vergessen, was ein Bild ist. Und danach steht man wieder vor der unlösbarsten aller Fragen: Was ist ein Bild? Ist es eines der üblichen Bildnisse, die sich endlos vervielfältigt in die Bücher flüchten, um dort mit Worten erklärt zu werden oder die Worte zu illustrieren? Oder ist ein Bild so einzigartig gültig wie ein Mensch, eine Welt für sich, hell oder dunkel?

BÜRGERMEISTER Was ist nun ein gültiges Bild?

MALER Als Maler sage ich, Farben und Linien in wechselnden Perspektiven auf einer zweidimensionalen Fläche in einer dreidimensionalen Welt in der Unendlichkeit des Alls. Alles dreht sich, die Menschen sterben, die Städte zerfallen, was bleibt sind dunkel verwitterte Steine auf alten Friedhöfen, die Bücher und die Bilder. Wir treten vor ein altes Bild und sehen in Gesichter von Menschen, die seit fünfhundert Jahren tot sind, und wir erkennen, sie hatten die gleichen Fragen wie wir. Und damit ist das Bild die Frage. Und um die Antwort zu umgehen, nehmen wir eine neue weiße Leinwand und malen ein neues Bildnis von uns. Wer erträgt schon das Nichts einer weißen Fläche. Wir wollen unser Bildnis sehen.

BÜRGERMEISTER Du sollst dir kein Bildnis machen.

MALER Da ist etwas dran.

BÜRGERMEISTER Da lob ich mir die Politik. Wir handeln mit Antworten. Wenn nicht im Guten, dann im Bösen. Notfalls führen wir sogar einen Krieg.

MALER Und das ist keine Antwort, wenn ich das einwerfen darf.

BÜRGERMEISTER Regieren Sie mal im Frieden. Nur der Krieg stellt die Leute zufrieden. Sie haben Sorgen, sind beschäftigt, vergessen ihre dummen Gedanken. Ein Frieden ist ganz und gar unbequem. Alle haben Ansprüche, wollen ein gutes Leben, wollen ein noch besseres Leben. Man muss ihnen ein schweres Leben verschaffen. Das ertragen sie. Das kennen sie seit Jahrhunderten. Im Frieden überlegt jeder nur, was er noch nicht hat, aber unbedingt haben muss. Ärgert sich über den Schweinestall seines Nachbars, wenn der eine Sau mehr hat. Schimpft auf den Bürgermeister, weil die Brücke über den Fluss löchrig ist. Langweilt sich, findet alles öde. Krieg, damit muss man ihnen kommen. Damit stopft man ihnen das Maul. – Was ist da unten los? Volksauflauf?

Vom Markt her sah man – es war ein sehr schönes Bild – im Fenster des Ateliers die Köpfe des Bürgermeisters und des Malers, die besorgt auf schimpfende Marktfahrer herabsahen, die hinter einem Mann herliefen, der an einer langen Stange ein Rad über den Markt schob. An dem Rad war eine Glocke befestigt, die bei jeder Umdrehung läutete, so dass er nur die Glockenschläge zu zählen brauchte. Es war ein inzwischen stadtbekannter Fremder, der seit Wochen mit seltsamen Geräten Messungen vornahm. Er zählte die Menschen der Stadt, sortierte sie nach Alter und Geschlecht, stellte sie gleich im Dutzend auf die Marktwaage, wo sie noch nie gestanden hatten, berechnete danach den Durchschnitt, denn das war die einzige Zahl, die ihn interessierte. Die Durchschnittszahl war für ihn die neue heilige Zahl, die die Welt und alle Menschen im Ganzen umfasste. Später ging er dazu über, die Häuser und Straßen zu vermessen, hing auch den Pferden einen Schrittzähler mit einer Glocke an die Hufe, maß die Zeit, die sie brauchten, um einmal um die Stadt zu laufen. Auch Wagenräder waren mit Glöckchen versehen, es bimmelte an allen Ecken, es schien, als würden diese neuen Glocken, die jede Bewegung registrierten, die neue Zeit anzeigen und damit die bürgerliche Zeit der Turmuhren, die vorbürgerliche Zeit der Sonnenuhren und die kirchliche Zeit der alten Glocken für immer verdrängen. Seit Tagen war er nur noch auf dem Markt unterwegs, holperte mit dem Rad an seiner langen Stange unermüdlich über das Kopfsteinpflaster und belächelte die in der Fassade der Kathedrale eingelassenen alten Maße der Stadt. Wenn man ihn ansprach, zeigte er einen Ausweis der Universität und stellte sich als mathematischer Wissenschaftler vor.

Ein Stein zerschlug eine Scheibe des Atelierfensters. Der Bürgermeister und der Maler zogen sich zurück.

MALER Diese Messglocken sind wohl die Totenglocken für manches Altgewohnte.

BÜRGERMEISTER Er ist auf das Allgemeine aus, nicht auf das Besondere.

MALER Ein Mensch ist etwas Besonderes.

BÜRGERMEISTER Er diskutiert nicht lange. Er misst, wiegt und zählt.

MALER Ob er wohl eine Antwort finden wird?

BÜRGERMEISTER Sie wird nur neue Fragen auslösen.

MALER Oder ein neues Orakel in die Welt setzen. Die Durchschnittszahl.

BÜRGERMEISTER Alles ändert sich stetig. Alles ist im Fluss. Nur der gemessene und gewogene und gezählte Durchschnitt wird bleiben.

MALER Das befürchte ich auch.

BÜRGERMEISTER Die Geldkatze viel größer. Basta und adieu.

Er verließ das Atelier und lief, ein wenig geduckt, über den Marktplatz. Die Marktfahrer umringten inzwischen den Wunderdeuter, der in einer Ecke des Marktes wie jeden Tag auf einem Fass stand und alles Unnatürliche und Rätselhafte als Fingerzeige Gottes erklärte, der damit die schlechten Menschen bestrafe. Er konnte die zusammengewachsenen Zwillinge und das achtbeinige Kalb und auch das Pferd mit zwei Köpfen deuten, die Menschen beruhigen oder damit ängstigen. Er wusste, warum die Vögel vom Himmel fielen und die Fische aus dem Wasser an Land sprangen, und erklärte sogar Erdbeben und Überflutungen, Trockenheit und Tierseuchen mit mächtiger Stimme als moralische Ermahnung der Sünder. Die Menschen hörten ihm bewegungslos lauschend zu, warfen ihre Münzen in den Hut zu seinen Füßen. Sie glaubten ihm, obwohl sie wussten, dass er es mit der Wahrheit nicht so genau nahm, die Ausdeutung dieser Vorzeichen war oft allzu phantasiereich und widersprüchlich, aber sie glaubten doch eher ihm als dem glöckchenbimmelnden Wissenschaftler, der sich nur für die Durchschnittszahl des Marktplatzes interessierte, und dem vorbeihastenden Bürgermeister, der mit seinen allzu dürftigen Worten die Welt auch nicht schönreden konnte.

Aus dem Fenster sehend sah der Maler dieses Bild und sagte: Contrafactus imagines ad vivum expressae.

Eine allgemeine Traurigkeit befiel die Stadt, schlich über Jahrzehnte und zunächst unbemerkt in die Herzen der Menschen, ein dunkles Gefühl, das sich in der Winterzeit verschlimmerte, im Sommer ein wenig aufhellte, ohne dass die Bewohner der Stadt ihre Traurigkeit verloren, die sich von Generation zu Generation steigerte und verfestigte. Man legte inzwischen sogar Wert darauf, traurig zu sein. Jeder Bürger versicherte dem anderen ernsthaft, traurig zu sein, und richtete sein Leben danach aus: schätzte karge Mahlzeiten, eine einfache Möblierung der Wohnung, sparte an Licht und Heizung, erließ Kleiderordnungen, die alles Bunte, Gewagte und Ausladende verboten, ging in schwarzer einfacher Kleidung aus grobem Tuch deprimiert durch die Stadt, balancierte den hohen, mit Werg ausgestopften schweren Filzhut gravitätisch durch die Straßen, ein schwarzer Turm in der Form eines Zuckerhutes, vorgeschrieben für alle Bürger der Stadt.

Selbst die Fasnacht war eine himmeltraurige Angelegenheit, eine nach dem Kalender und der Uhr zu erfüllende Pflicht, die man hinter sich bringen musste, ehe die nächste Kalenderpflicht oder Uhrzeit die ihr gebührende Aufmerksamkeit verlangte. Die Truhen füllten sich derweil weiter mit Goldstücken, die Stadt galt weitherum als sehr reich, aber was besagte das, die Bürger gaben sich arm. Reichtum war das Selbstverständliche, und das Selbstverständliche hatte für sie keine Bedeutung. Irgendwie hing es mit der Zeit zusammen, die begann, als ein ganz Schlauer an der Kathedrale eine Sonnenuhr anbrachte, Urmutter aller Uhren und Kalender, die die Stunden und die Jahre erfanden, die mal schnell und mal langsam abliefen. Der Glaube an die Zeit war wohl ein Irrglaube, es gab in Wahrheit keine Zeit, es gab nur die Gegenwart des alltäglichen Lebens: Menschen wurden geboren und starben, wuchsen auf und wurden alt, es gab die Ehen, die Kinder, die Stadt und natürlich den Beruf und die Ehrenämter. Es lag kein Glück darin, es war mühselige Arbeit, zunehmende Pflichten, eine immer strengere Ordnung, die undurchsichtiger war als die Unordnung. Die Welt wurde täglich rätselhafter, dazu noch die kommende Zeit, unbekannt und ungewiss. Man wurde seines Lebens nicht mehr froh.

Auch entschlossenere Menschen, die das Schicksal ändern wollten und die in einem Anfall von Zorn und mit dem nötigen Elan die Stadt durch breitere Straßen und größere Bauten veränderten, Stadtmauern abrissen, Parks anlegten, Flusspromenaden schufen, endeten in Unzufriedenheit und Verzweiflung im Angesicht des Neugeschaffenen, das nur die Sehnsucht nach dem Alten weckte.

Immer öfter kam das hilfreiche Wort ›früher‹ in die Sprache und führte bald als tröstliche Angewohnheit jeden Satz an. Früher war alles besser und schöner gewesen. Die guten alten Zeiten waren die glücklichen Zeiten. Es herrschte Gerechtigkeit und Anstand, Güte und Gewissenhaftigkeit, und Treu und Glauben galten noch etwas, im Gegensatz zur unehrlichen, betrügerischen, ungläubigen und unmoralischen Gegenwart. Dann griff ein jeder zur Narrenmaske und glaubte unangefochten und unangezweifelt an die eigene Ehrbarkeit, Anständigkeit, Glaubensfestigkeit, an die eigene aufrichtige Moral.

Mit der Zeit entstand so ein Narratorium der Phantasie, in das sich viele flüchteten. Man traktierte sich gegenseitig mit Titularien, war Oberstältester, Oberstvorgesetzter und oberster Zunftmeister, lief mit riesigen gestärkten Halskrausen durch die Stadt, ließ sich respektvoll grüßen oder spazierte, von fernen Reisen zurückkommend, als arabischer Scheich durch die Straßen, verkleidete sich als Tscherkesse, spielte den indischen Fakir. Manch einer brachte eine dunkelhäutige Ehefrau samt Diener mit, ritt von nun an als Herrscher ohne Land auf einem Pferd durch die Stadt, während die Kaufleute wie immer zwölf Stunden am Tag über ihren Büchern saßen und um ihren Kredit fürchteten, das erhielt sie in ewiger Sorge.

Was das Stadtregiment betraf, hatte man keine allzu großen Fehler gemacht. Man hatte nicht wie in Schilda das Rathaus ohne Fenster erbaut, so dass es darin dunkel war, aber Dunkelheit herrschte auch hier. Im Laufe der Zeit war man der jährlichen Wahl zum Rat müde geworden, es saßen doch immer dieselben Herren im Rat, die sich durch gegenseitige Geldgeschenke, die man bei Gastmählern diskret unter den Teller legte, zu Ratsherren ernannten. Aber man dachte sich, gewissenhaft wie man war, ein noch perfekteres Wahlsystem aus. Man beließ es bei der einmal gefundenen Zusammensetzung des Rates, ein Jahr regierte die eine Hälfte, die man den ›Neuen Rat‹ nannte, während die andere Hälfte, der ›Alte Rat‹ genannt, zusah. Im nächsten Jahr wählte der ›Neue Rat‹ den ›Alten Rat‹ als Regierung, der dann der ›Neue Rat‹ war, während der bisherige ›Neue Rat‹ zum ›Alten Rat‹ wurde. So wechselten neu und alt und alt und neu in ununterbrochener Reihenfolge über viele Jahrzehnte, man hatte die vollendete Herrschaft erfunden, der Rat wählte sich ununterbrochen selbst.

Die Bürger, die im Rat saßen, wurden zu ›hochgeachteten, wohledelen, gestrengen, ehrenfesten, frommen, vornehmen, umsichtigen und weisen, gnädig gebietenden, hochzuverehrenden Herren und Oberen‹, Bürgermeister und Oberstzunftmeister waren die Herrenhäupter der Stadt. Sie fuhren in der Häupterkutsche vor das Rathaus, einem in der Welt einmaligen Gefährt, tiefliegend, fast den Boden berührend, war der große schwere Kasten, der wie ein Schrank aussah, der Länge nach durch eine Wand geteilt. Zur Seite sitzend, hinter vier Türen, im vollen Ornat die alten und die neuen Häupter. Keiner fuhr auf diese Weise vor- oder rückwärts, und alle konnten gleichzeitig auf ihrer Seite aus der Kutsche treten. Auf diese Weise vergab sich keiner etwas, keiner musste dem anderen den Vortritt lassen. Ein Einfall von vollendeter närrischer Weisheit.

Es gab Querdenker, die dagegen opponierten und Unfrieden stifteten. Nachdem man sie hingerichtet hatte, änderte man das Wahlsystem, um künftigen Rebellionen vorzubeugen, und führte das Los ein. Rat und wichtige Ämter wurden von nun an unter den Bürgern verlost. So konnte ein jeder Ratsherr werden – neben Gelehrten und Handwerkern und Kaufleuten saß daher so mancher Schalksnarr und Erzschelm. Dieses Wahlsystem ergab die für die Stadt ideale Regierung, denn die Bürger waren der Meinung: Die Wahrheit, die ein Narr predigt, ist auch nicht zu verachten.

Doch die Schriften und Stiche in den Archiven des Ratsschreibers erzählen mehr. Wissend nach Ländern und Jahren sortiert, dem ABC untergeordnet, berichten sie von Forschern, Entdeckern und Reisenden, von fremden Welten und anderen Kulturen, die sich in einer neuen Zeit zusammenfanden und die altgewohnte Ordnung hinter den eigenen Stadtmauern veränderten.

Wie steht es geschrieben über der Tür zur Ratsschreiberstube:

Die Schreiber muss man haben
Samt ihrem Zeug und Gunst
Nach ihnen tut man traben
Denn Schreiben ist die Kunst.

Das Schreiben ist allein
Der allerhöchste Schatz
Ob mans tut gleich verklein
Doch behälts allein den Platz.

Handbüchlein des Weltwissens des Kaufmanns Jean-Jacques Passavant, geschrieben am Tage der Geburt seines ersten Sohnes

Die neue Welt wurde durch den Kaufmann entdeckt und gestaltet. Schon vor Jahrhunderten reisten Kaufleute nach Arabien, Afrika, Persien, Indien, China. Die Kamele und Schiffe brachten die Waren, der Kaufmann das Wissen nach Europa. Er lebte in vielen Kulturen, die für ihn gleichberechtigt waren, vertraut mit den Gebräuchen der Völker. Selbst während der Kreuzzüge hielt er die Freundschaft und den friedlichen Handel mit Mohammedanern und Juden aufrecht, denn ohne den Handel gedeiht nichts in der Welt.

Der Kaufmann ordnete den Kalender und die Zeit nach der Vernunft. Während die Moslems mit dem Mondkalender lebten und die Juden mit ihren rückwärtslaufenden Uhren, herrschte in Europa die geglaubte Ewigkeit der Kirche, in jeder Stadt nach einem anderen Heiligen ausgerichtet.

Das Jahr begann daher irgendwann, je nach den kirchlichen Feiertagen, zwischen dem 22. März und dem 25. April. Wie sollte da ein Kaufmann seine Bücher führen? Wann seine Bilanz ziehen? Also nahm die Kaufmannschaft die Beschneidung Christi als Jahresbeginn und führte ihre Bücher vom 1. Januar bis zum 31. Dezember. So entstand der europäische Kalender.

Der Tag der Kirche änderte sich mit dem Stand der Sonne. Die Glocken läuteten zu sehr verschiedenen Zeiten zu Primus und Angelus, im Sommer zu anderen Stunden als im Winter.

Wie sollte man da die Arbeit einteilen? Wie sollte man den Lohn berechnen? Die Kaufmannschaft brauchte Klarheit. Sie teilte den Tag und die Nacht in vierundzwanzig gleiche Stunden und errichtete vor den Rathäusern Uhrtürme mit den neuen mechanischen Uhren, die die exakte Zeit verkündeten. Tag und Nacht waren nun gleich lang und richteten sich nicht mehr nach der Sonne.

Die Glocken der Kirchen und die Glocken der Rathäuser schlugen noch lange Zeit gegeneinander, bis auch die Kirche die bürgerliche Zeit und den bürgerlichen Kalender akzeptierte.

Die Kaufmannschaft brachte die arabischen Zahlen und die indische Null nach Europa und schuf damit eine neue Rechnungsart, die die kaum berechenbaren römischen Ziffern verdrängte. Nur die Ämter und die Kirche rechneten noch in der alten Art, da die Scholastik die Null als ein Werk des Teufels ansah. Die Kaufmannschaft gründete gegen den Willen der Kirche die bürgerlichen Schulen, in denen nicht mehr Theologen ihr Kirchenlatein, sondern Schreib- und Rechenmeister die weltlichen Künste unterrichteten.

Die Schreibmeister führten die Kurrentschrift und für die Geschäftsbriefe die römische Kursivschrift ein und lösten damit die schwerfällige karolingische Kanzleischrift ab, die nur in den Ämtern und den Kirchenbüchern weiterlebte. Die Schüler lernten Korrespondenzen und Geschäftsbücher zu führen, in vielen Sprachen und sauberer Schrift. Die Rechenmeister lehrten die Buchhaltung und das Wechselrecht, die Arithmetik und das Dezimalsystem und das Rechnen mit Zins und Zinseszins, obwohl darauf noch lange die Exkommunikation stand. Gottseidank hatte unsere Firma immer Kapital von Kardinälen und Bischöfen als Depositum in den Büchern, die einen schönen Zinsgewinn abwarfen und uns damit vor kirchlichen Strafen schützten.

Geographische Schulen wurden gegründet, an denen Kartographen ausgebildet wurden, die die Aufzeichnungen der reisenden Kaufleute und ihrer Kapitäne in exakte Land- und Seekarten übertrugen, ohne die alten mythischen Wesen, dafür mit einem Netz präziser Längen- und Breitengrade, der neue Kompass und das arabische Astrolabium halfen dabei.

Die Kirche verdammte diese Karten, die die wirkliche, die erfahrene und vermessene Welt zeigten, und blieb bei ihren Karten, die eine nicht vorhandene, aber von Theologen geglaubte Welt darstellten, eine Scheibe mit Jerusalem als Mittelpunkt, heilige Karten, die jedes Schiff und jede Karawane in den Untergang geführt hätten, kein Reisender konnte sich danach richten.

Wir ließen Reisebeschreibungen und Wörterbücher drucken, die die fremden Sprachen nebeneinanderstellten. Wir kannten die Handelswege der fremden Länder, ihre Märkte und Messen, die Seewege mit ihren Häfen, wussten, welche Sprachen in welchem Land gesprochen wurden, welche Wechselkurse bei den Münzen galten oder wie in China das Papiergeld berechnet wurde, kannten die Gewichte und Maße der ansässigen Kaufleute, ihre Handelsusancen und die Zölle und Steuern der Behörden, kannten uns aus in der irdischen Welt, in unserem Vernunftwissen, das dieser Welt nützlich war, während viele immer noch darauf beharrten, es genüge der Glaube.

Mein Sohn, in einigen Jahrzehnten wirst du auf meinem Platz sitzen und die Firma leiten. Sei ein guter Christ und gehe täglich zur Messe. Dein Wort sei zuverlässig und klar, sei selbstbewusst, aber bescheiden und zurückhaltend. Ein Kaufmann ist nur so bedeutend wie das, was ihn korrekt macht. Nutze die Zeit, versäumt man sie, ist ihr Verlust unwiederbringlich. Vermeide den Müßiggang: Was du vorhast, tue sofort und vollende es, mit Geschäften soll man nicht zögern und zaudern. Führe deine Bücher sorgfältig, nur was in den Büchern steht, ist in der Welt. Und merke dir: Die Zahlen dienen nicht dem Schein dieser Welt, sie zeigen die reale Welt.

An deinem Platz wird eine goldene Tischuhr stehen, die mir ein Uhrmacher heute zu deiner Geburt gebracht hat. Die Stunden- und Minutenzeiger werden dir die genaue Zeit anzeigen. Ein Stundenschlagwerk wird dich an die vergehende Zeit erinnern. Auf einen Blick siehst du die Wochen- und Sonntage, die Tag- und Nachtlänge und den Jahreskalender mit den Tierkreiszeichen. Ein Erdglobus umkreist die Sonne und wird selbst vom Mond umlaufen. Auf der Uhr bewegt sich im

Wellengang ein Segelschiff als Symbol des Handels, ein Weber sitzt an seinem Webstuhl, den er ununterbrochen bedient, ein Symbol unserer unermüdlichen Arbeit.

Diese Uhr wird dich lebenslang begleiten und dir sagen: Es verhält sich die Welt nicht anders als ein Uhrwerk.

Das weiße Bild

Eine wahre Geschichte, die die einfache, die reine und die lautere Wahrheit enthält, erfunden vom Autor für den nachdenkenden Leser

In seinen frühen Jahren träumte der Maler gerne von einer weißen unbefleckten Leinwand, einer hellen, leicht rauen und doch wieder weichen Leinwand, so groß wie das Atelier, eine Unendlichkeit aus reinem Weiß mit all ihren unausschöpfbaren Möglichkeiten, bereit, das Bild der Welt zu empfangen, wahr und seiend in der Gleichzeitigkeit eines Augenblicks. Die weiße Leinwand war für ihn das einzig gültige Bild. Alles andere, jeder Farbauftrag, jede Linie, jede Vorskizze war eine Täuschung, eine Illusion, die unzulässige Interpretation einer schon vielfach ausgemalten und ausgeschmückten Geschichte, die das Leben deutbar und damit angenehmer machte, scheinbar Ordnung in das Chaos brachte, die sich wiederholende Erfindung von Geschichten über Geschichten über Geschichten, die die einzige Wahrheit verhüllten: das reine Weiß, die leere Fläche, das absolute Nichts.

Doch das Schicksal meinte es ausnahmsweise einmal gut mit dem Maler, die Folgen werden wir sehen. Der Maler bekam einen Auftrag. Ein junger Fabrikant von Seidenbändern wollte seine Hochzeit mit der Tochter eines anderen Seidenbandfabrikanten verewigt sehen, wollte die Hochzeit immer wieder auf einem Bild betrachten und vorzeigen können, wann ist man schon mal glücklich. Alles sollte realistisch erkennbar sein, die Hochzeitsgäste an der langen Tafel, das angestammte Bürgerhaus mit seiner dekorativen Fassade, die Fabrik mit den vielen Webern, als Chor aufgestellt, im Hintergrund natürlich die Stadt mit dem Fluss und an den Rändern, nicht zu vergessen, dekorativ die Seidenbänder in den Mustern, die seine Firma herstellte, so dass man das Bild auch als Verkaufshilfe benutzen konnte.

Im Überschwang seiner nun gesicherten Zukunft überreichte er dem Maler eine Banknote mit einer kunstvoll verzierten Zahl, die durch ineinander verschlungene Girlanden und Lianen gehalten wurde. Viele Nullen hingen ihr an, und eine graphisch extravagant gestaltete Schrift erklärte: jederzeit einlösbar in Gold. Der Maler rahmte dieses künstlerische Dokument, hängte es an die Wand, es verschaffte ihm augenblicklich Kredit. Die weiße Leinwand war nun kein Traum mehr, allerdings wurden auch die Farben geliefert, das reine Weiß genügte nicht mehr, eine Geschichte musste erzählt werden.

Die Hochzeit fand statt, der Maler skizzierte auf dem Zeichenblock, der sich mit den schwarzen Schraffuren, Linien und angerissenen Porträts der Kohle füllte. Anschließend versuchte er, vor der Leinwand das dreidimensionale Geschehen auf zwei Dimensionen zu reduzieren, ein Vorgang, der gelegentlich, aber leider nicht immer Kunst hervorbringt, auf jeden Fall aber später ein

Bild genannt wird, dadurch gerne einen Volksauflauf verursacht, weil ein jeder voreilig urteilen will, ob das Geschmiere da an der Wand wirklich ein Bild ist oder nicht.

Der Maler malte. Er arbeitete langsam und gewissenhaft, der Personen waren viele, der Details noch mehr, alle wollten sich und alle anderen wiedererkennen, kamen gelegentlich vorbei, kontrollierten ihr Porträt, ihre Figur, hatten sich wie immer alles ganz anders vorgestellt. Auch der Fabrikant wurde ungeduldig und vor allem kunstkennerisch, verlangte andere Farben, das Verhältnis von Vordergrund und Hintergrund schien ihm ungenügend, fragte schon mal nach der Ausbildung des Malers, worauf der Maler mit Pinseln warf – alle gutgemeinten Dinge verlaufen in der Regel unerfreulich.

Da erbarmte sich das Schicksal und erlöste den Maler von der Hochzeitsgesellschaft. Ein neues Bild war plötzlich gefragt. Die Taufe des ersten Sohnes stand an, warum zwei Bilder bezahlen, wenn man alles auf einem haben konnte, außerdem: gewisse Herrschaften des Hochzeitsfestes seien nicht mehr so gerne gesehen, also die Hochzeit mit einer Taufgesellschaft übermalen.

Der Maler malte. Deckende Farben waren vonnöten, frühere Figuren verschwanden, neue Personen wurden darüber gemalt, der Festtisch verkürzte sich, weil ein Teil der Verwandtschaft sich weigerte, in dieser Form auf einem Bild zu sein. Nicht immer konnte der Maler sich erinnern, malte dann schöne Figuren, die ihm selber gefielen, die der Fabrikant aber nicht kannte. Die Zeit verging, das Bild war weniger fertig als das Hochzeitsbild, der Fabrikant verlangte sein Geld zurück, die Misere war groß.

Da griff das Schicksal noch einmal gnädig ein. Der Fabrikant nahm einen Kompagnon in seine Firma auf, vergrößerte sie, zog in ein prachtvolles Haus – eigentlich, so fand der Fabrikant, war das nun das gültige Bild seines Lebens. Der Befehl an den Maler lautete daher erneut: übermalen. Die große bürgerliche Existenz sollte gezeigt werden, man würde auch zusätzlich einen vergoldeten Rahmen stiften. Aber von nun an Tempo.

Der Maler malte Tag und Nacht. Das neue große Haus, die Kontore, die Fabriken mit den vielen Webstühlen, dazu die Familie des Kompagnons, die auch auf das Bild wollte. Zentrale Personen mussten entfernt werden, Randfiguren wurden in die Mitte gesetzt, die Perspektive verrutschte, das Bild wurde unübersichtlich, Personen tauschten ihre Köpfe, Menschen verbanden sich mit Maschinen, das Ganze wurde nun doch ein Farbdschungel, aber was ist Kunst?

Das Schicksal, wie immer blind für die Folgen seines Tuns, beschloss dem Maler noch einmal zu helfen. Die Ehefrau starb im Kindbett, der Fabrikant bestellte ein Bild der Trauer und des Todes, zeremoniell vor der Kathedrale angesiedelt, alle Personen in Schwarz. Der Maler war erleichtert, viele bunte Blumensträuße, nun gut, da hilft die Phantasie, aber die Fassade mit ihren filigranen Glasfenstern, man wird sehen. Der Maler übermalte das Hochzeits-, Tauf- und Kompagnonbild schwarz in schwarz, eine andere Farbe wäre gar nicht mehr möglich gewesen. So kam der Maler diesmal schneller voran. Das Bild war fast fertig, die Farben noch feucht, da schlug das unsinnige Schicksal wieder zu. Der Kompagnon griff in die Kasse und flüchtete ins Ausland. Die Firma machte Bankrott, der Sohn übernahm den Neuanfang, begann wie sein Vater mit einer Hochzeit, schickte zum Maler und erneuerte den Auftrag.

Der Maler begann von vorne. Die Motive verbanden sich, Tod und Geburt, Hochzeit und Geschäft, die Jahrzehnte wurden eins. Tote und Neugeborene, Bräute und Fabrikanten tanzten vor verwitterten Häusern mit leeren Fenstern, Skelette stiegen in Gräber hinab, auf dem langen Festtisch lagen Totenschädel zwischen Hochzeitsschmuck und Beileidskränzen, die Geschichten liefen ineinander, hoben sich gegenseitig auf, näherten sich der Wahrheit, wurden annehmbar unglaubwürdig.

Doch das Schicksal wollte es noch einmal gutmachen, das Schicksal ist so, da kann man sich nur fügen. Der junge Fabrikherr ertrank im Fluss, der Maler saß eine Nacht lang vor dem Bild, das ihm in seinen Übermalungen nun doch gefiel. Dieser Reigen der Toten und Lebenden, der Alten und Jungen, der Geschäftigen und der Betrachtenden vor den Häusern der alten Stadt, die Generation um Generation aufnahm und wieder entließ, ohne sich darüber weiter Gedanken zu machen, vor dem Fluss, der durch die Tage und Nächte der Zeit trieb, der immer da war und doch gleichmütig und teilnahmslos sich von der Stadt entfernte.

Der Maler stand auf, nahm einen feinen Dachshaarpinsel und malte sich als kleine Figur am Rande in das Bild, ein Schatten in tiefem Blau, feines Ultramarin.

Ein Notar kam und wollte im Namen der Familie die Herausgabe des Bildes oder die Rückgabe des Vorschusses verlangen, sagte aber nur noch: Was haben Sie denn da gemalt? Was ich gesehen habe, sagte der Maler. Ich habe das nicht gesehen, sagte der Notar. Sie werden es noch sehen, sagte der Maler. Und Sie geben mir sofort den Vorschuss zurück, sagte der Notar. Der Maler nahm die gerahmte Banknote von der Wand, wo sie immer noch hing, gab sie dem Notar und sagte: Die vielen Nullen sind inzwischen total wertlos. So wertlos wie ihr Bild, sagte der Notar und verließ das Atelier.

Der Maler nahm die großen Tuben mit Bleiweiß, zerdrückte sie auf dem Bild, nahm einen Besen und fegte damit schwungvoll über die dunkle Farbenwelt, er weißelte und weißelte, bis das Bild einer frischen Leinwand glich.

In späteren Jahren saß er nur noch auf der Brücke über dem Fluss und sah in die auf- und untergehende Sonne, bis er blind wurde.

Da das Museum das Bild nicht haben wollte, nahm es die Bibliothek und hängte es in einen stillen Leseraum. Eine zerkratzte, zerschabte, aufgerissene Leinwand ohne Rahmen zwischen schweigenden Folianten mit ihren alten Geschichten.

Immer standen Menschen davor, von dem Weiß angezogen und wie hypnotisiert auf das Bild starrend. Es gab sogar einmal einen Farbanschlag auf das Bild, irgendein Verrückter, der das schweigende Weiß nicht mehr ertragen konnte.

Der Bibliothekar legte daher ein schön gebundenes großes und schweres Buch auf ein Schreibpult und forderte die Besucher auf, ihre Geschichte des Bildes in das Buch zu schreiben. Täglich saßen nun Menschen davor und schrieben mit Eifer eine Geschichte auf die weißen Seiten des Buches, das man bald ›Geschichten aus tausendundeinem Tag‹ nannte. Als es vollgeschrieben war, wurde das Buch in die Bibliothek eingestellt, ging durch die Katalogisierung aber unauffindbar verloren, denn die Dämme der Ordnung, die der Mensch gerne errichtet, fördern nur die Unordnung, die alles ins Chaos schwemmt. Die Geschichten aber schwammen auf dieser Flut wie einst die Arche Noah mit all ihren Geschöpfen auf den Wassern der Sintflut. Die Geschichten waren in den Köpfen der Menschen und wurden weitererzählt.

Larve, Kokon, Schmetterling
oder
Die Metamorphosen des Seins

Ein Kapitel aus dem Codex memorabilis des Bibliothekars und späteren Abtes des Kartäuserklosters am Ort – der bedeutendsten Bibliothek des deutschen Reiches

Auf dem großen Plan der Stadt, der vom Kupferstecher M., Sohn der Stadt, im Auftrag der Stadt gestochen wurde, schien die sichtbare Welt für einen aus der Zeit genommenen Augenblick die Wirklichkeit zu sein.

Der Künstler erschuf in einer bisher nur Gott zustehenden Perspektive – dem Blick von oben – aus diesem verzweigten Labyrinth von Straßen und Häusern ein Bild der Stadt, das den Bürgern als das den allgemeinen Maßstäben gemäße Abbild der Stadt erschien.

Es war ein Kunstwerk, das in einer kühnen perspektivischen Anordnung der Dinge die gegenwärtige Ordnung als unabänderliche und damit ewige Ordnung darstellte: nach der Vernunft des Menschen und den Gegebenheiten der Natur hinter einem Mauerring angelegt, mit Stadttoren als Ausgänge in das erschreckende und abenteuerliche Nichts einer vorläufig skizzierten Landschaft, mit erlösenden Eingängen ins wohltuend Bekannte, das nicht mehr als fremdartiges Labyrinth empfunden wurde, sondern als behagliche Behausung, was eine Täuschung war, aber der Mensch richtet sich ein in den von ihm geschaffenen Gegebenheiten. Die davon Enttäuschten stehen vor den Toren, die beim Läuten der Abendglocke verschlossen werden.

Als wäre die Fremdheit nicht so ganz aufgehoben, sah man nur wenige Menschen auf diesem vermessenen Stadtplan, ein paar zierlich gesetzte Figurinen. Man schreckte wohl vor allzu vielen Menschen zurück, für die eine chaotische Unordnung immer noch das Maß des Lebens war, das Leben an sich war, die einzige Möglichkeit, im Labyrinth der Ordnung zu überleben.

Dieser Plan der Stadt hing als dekoratives Bild im nachtblauen Empfangssalon eines Palais, das es auf dem Plan noch nicht gab, was für den Betrachter eine irritierende Innen- und Außenperspektive ergab.

Nach dem Plan war man in einer schmalen Gasse mit schlichten unscheinbaren Häusern, in denen neben der Wohnstube auch noch das Kontor, das Lager und die Manufaktur eines Seidenbandfabrikanten ineinander verschachtelt ihren Platz hatten. Jetzt stand man aber, erschaffen durch die Verwandlungskraft des Geldes, das aus dem Seidenbandfabrikanten einen Bankier gemacht hatte, in einem vielfenstrigen Palais, das als reines Wohngebäude präsentabel und wohleingerichtet hoch über dem Fluss lag, sich frei über die Wälle und Türme erhob, ganz unbescheiden nach einem neuen Horizont suchte, in Salongesprächen über Wissenschaft und Kunst. Der Hausherr hatte sich als Zeichen der neuen Zeit, die verschlossene Stadttore übersah, ein astronomisches Türmchen zugelegt, um den Sternen näher zu sein, hatte außerdem seinem Besucher Cagliostro eine Werkstatt eingerichtet, indem dieser Zauberer unedles Metall in Gold verwandelte, alter Besitz sich also wieder in vermehrbares Geld umwandelte, das neuen Besitz versprach, alles nur eine Frage einer geglückten Metamorphose.

So war es zur Freude des Hausherrn, des Bankiers S., mehr als ein glücklicher Zufall, dass eine so interessante Person wie Madame M., die Tochter des M., ebenfalls Kupferstecherin, aber dazu noch Naturforscherin, Entdeckungsreisende und Verlegerin, gerade von einem zweijährigen Aufenthalt in Surinam zurückgekehrt, just unter der Stadtkarte ihres Vaters ihre Metamorphosen der Natur präsentierte. Denn die Wissenschaften breiteten sich mächtig aus, die Natur wurde auf interessanteste Art und Weise erschlossen, und S. schwankte als empfindsamer Mensch zwischen rationalem Denken und einem Wunderglauben, für einen Bankier, der erlebt hatte, dass aus Soll und Haben und Kette und Schuss wahre Wunderwerke entstanden, ein durchaus angemessenes Denken. Er verwies daher kühn auf die Arbeiten der Madame M., die mit wissenschaftlicher Genauigkeit in Zeichnungen und Beschreibungen die Natur erkennen ließ und zugleich Kunstwerke von nie gesehener Schönheit und ganz seltenen Farben und Formen erschuf.

Madame M. hatte die Stiche und die aufgeschlagenen Bücher so aufgestellt, dass das Nachmittagslicht über dem Fluss die Bilder erhellte. In glühenden Tropenfarben und bizarren Formen leuchteten Schmetterlinge, Raupen und Puppen, Larven und Kokons, seltene Pflanzen voller Käfer, Raupen und Spinnen. Eine Nachtwelt, vom beobachtenden Blick der Madame M. an den Tag gebracht.

Einige geladene Damen der Gesellschaft, passend in bunten seidenen Kleidern, hatten sich elegant wie Schmetterlinge auf goldenen Stühlen drapiert, zeigten gleichzeitig Ekel und Bewunderung ob der Genauigkeit mancher Einzelheiten.

Madame M., eine in ihrer Standfestigkeit zu bewundernde Frau, sah fast abwesend auf den Fluss vor dem Fenster und erzählte von ihrer Reise. Sie begann auf einem winzigen Segelschiff in Amsterdam und führte in die ferne Kolonie Surinam. Viele Wochen, mit einer Mannschaft aus aller Herren Länder, bei Wind und Wetter, Hitze und Kälte, auf dem Deck unter hellen Segeln und unter Deck in engen dunklen Kojen, in Hängematten schaukelnd bei hohem Seegang, mit Angst vor Piraten und dem notwendigen Durchsetzungsvermögen bei dieser zusammengewürfelten Seemannschaft, mit Toiletten auf einem Brett außenbords, wie sie zu den Damen bemerkte, die sie ein wenig erschrecken wollte.

Landung in der Hafenstadt Paramaribo, sie erspare sich die Schilderung von Zuständen, die bei den Damen nur Empörung hervorrufen würden – die Schmetterlingskleider raschelten –, sie erzählte vom Amazonas, vom Rio Negro und Orinoko – magische Namen in diesem Salon –, schilderte die tropische Landschaft, erzählte von Bäumen mit seltsamen Namen, dem Tonkabaum, dem Jacaranda, dem Ipekakuanha, von den Paranuss-, Kakao- und Kautschukpflanzen, von den vielen Affen, den Fledermäusen, von Tapiren, Gürteltieren, Faultieren, Ameisenbären, von dem Aguti, dem Kuandu und der Lanzenratte, von Papageien, Kolibris, Schildkröten, von Eidechsen, die unter dem Namen Basilisk bekannt seien.

Die luftigen Seidenkleider der Damen kamen in Bewegung, die Seidenbänder flogen durch die Luft, Fächer flatterten wie gefangene Vögel in einer Voliere, all die berauschenden, hypnotisierenden Namen verwandelten den Salon in eine ferne Welt. In den Köpfen malte sich das verheißene gelobte Land, ein Garten Eden in exotischer Schönheit, Sonnenschein und ein blauer Himmel mit einer sanften, wohltuenden Brise, dazu liebliche Lauben in einem Blumenmeer.

Denn Madame M. erzählte nichts vom tödlichen Fieber, dem sie fast erlegen war, erzählte nichts von den Sümpfen, dem Dschungel, der feuchten Tropenhitze, von Regenzeit und Trockenzeit, den Myriaden ständig summender und ganz und gar unbekannter Insekten, den giftigen Schlangen und Käfern und Spinnen, den Raubfischen und Alligatoren, erzählte nichts von ihrer mühseligen Arbeit, Tiere zu sammeln und zu zeichnen trotz Fieber und Erschöpfung bei ständigem Regen oder endloser Trockenheit, erzählte nichts von dieser Hölle, die sich durch die Wörter in den trunkenen Traum vom Paradies verwandelte – Metamorphose der Sprache.

Sie wollte, sie musste ihr Buch und ihre Stiche verkaufen, um ihre Expeditionen bezahlen zu können, auch die neue Wissenschaft ging wie die Kunst nach Brot. Seltsamerweise hatte es der Bankier S. plötzlich sehr eilig. Cagliostro warte auf ihn, der habe ihm versprochen, aus den Flusskieseln Diamanten zu machen, das wolle er doch keinesfalls verpassen. Und auch die Damen verpuppten sich rasch, wurden zu abweisenden Kokons, hielten sich die Fächer als Larven vor die Gesichter, verwandelten sich in stumme Ladys und alte Tanten und warteten auf die Wiedergeburt in Schönheit.

An der Wand der Plan der Stadt, strenge Klarheit der menschlichen Vernunft, genaue Analyse des ordnenden Verstandes, unter ihm auf den Stichen die irritierende Schönheit einer lebendigen Vielfalt, Synthese aller Farben und Formen einer sich unordentlich verändernden Natur.

Das Labyrinth der Welt, Metamorphose des Seins, finde sich da heraus, wer kann. Wohl dem, der einen Gott hat und in einem festen Glauben lebt.

Vom Autor zusammengestellte Auszüge aus Briefen des Scheichs ***, Nachfahre eines alten Bürgergeschlechts der Stadt

Wenn ihr mich sehen könntet, in einer kleinen Oase rastend, in der Nähe der in der Wüste versunkenen prachtvollen Städte Babylon und Uruk, von denen nur der Sand und der Wind blieb, der die Sandkörner in das immer gleiche labyrinthische Muster treibt. Ein stilles gleitendes Bild, das in seinen fließenden Rundungen den arabischen Schriften gleicht, durch die wir von der Größe der alten Kulturen und Zivilisationen wissen, Gilgamesch und Nebukadnezar, nur die bilderreiche Schrift erzählt noch von ihnen.

Ich sitze in meiner weiten arabischen Kleidung, mit einem großen Turban und einem respektablen Bart auf einem Teppich, die Wasserpfeife in der Hand, und lese wie jeden Abend in den Schriften der Vergangenheit und im Koran, den ich fast auswendig kann, ein Araber unter Arabern. Ich habe ihre Gebräuche und Gewohnheiten und ihre Art zu leben in den vielen Jahren vollkommen angenommen. Einige Stämme nennen mich respektvoll Scheich, trotzdem reise ich als ärmlicher Beduine ohne Gepäck, gehe barfuß, schlafe in den schmutzigsten Karawansereien, mein Mantel als Decke und die Erde als Matratze, esse mit den Kameltreibern. Oft ist es nur ein Schluck Kamelmilch, eine Handvoll

Mehl mit etwas Salz, dann bin ich auf die Gastfreundschaft von Dorfbewohnern und wandernden Beduinen angewiesen, aber so erfahre ich vieles, was dem bequem Reisenden verborgen bleibt. Bei einem Überfall hat man mir meine Uhr und meinen Kompass gestohlen, aber man lernt sich nach den Gestirnen zu richten und den Kamelen zu vertrauen. Mein Tagebuch führen, schreiben und zeichnen kann ich nur in größter Heimlichkeit, das sind Künste, die hier in der Wüste Misstrauen erregen, hier gilt nur das gesprochene Wort.

Ich reiste auf diese Weise durch Syrien, Palästina, Ägypten, Sinai und Nubien, war am Toten Meer, in der unendlichen Wüste El Ty und am oberen Nilzufluss. Als Pilger wanderte ich nach Mekka und Medina, ich erstieg mit achtzigtausend anderen Pilgern den Berg Ararat, so konnte ich als erster Europäer diese bisher so geheimnisvollen Orte beschreiben.

Entdeckt habe ich auch die abseits aller Karawanenwege liegenden Ruinen der Felsenstadt Petra, deren Lage man nicht mehr kannte und von der man nichts mehr wusste. Es ist die uralte Hauptstadt der Nabatäer, die sich nur erhalten hat, weil ihre Bauten und ihre mehrstöckigen Gräber in den Fels gehauen wurden. Ein unvergesslicher Anblick: Eine seit Jahrtausenden verlassene Stadt, geblieben sind nur die Säulen der Tempel und Triumphbögen und die Gräber, versteinert in der Totenstarre der Wüstenfelsen.

Es ist Nacht geworden, die Karawane ruht, man hört nur noch die Stimmen der Beduinen, die am Feuer sitzen und sich ihre Geschichten erzählen, die Geschichten der Scheherezade aus Tausendundeinenacht. Sie konnte Geschichten erzählen, in denen die Möglichkeiten die Wirklichkeit veränderten, was ihr das Leben rettete. Eine Kunst, an der es in Europa mangelt. Wir nennen so etwas Märchen. Aber Scheherezade war belesen und gebildet, sie besaß über tausend Bücher und hatte noch weitaus mehr gelesen, die Annalen entschwundener Völker, die Chroniken der frühen Herrscher, die tiefen Gedanken der Weisen und die Weltbeschreibungen der Gelehrten – die Werke der Dichter hat sie sogar auswendig gelernt. In ihren Geschichten liegt daher eine tiefe Weisheit.

Wir haben vergessen, dass Bagdad in seiner Blütezeit mehr Bücher als ganz Europa produzierte, die Anzahl der Buchhandlungen in der Stadt übertraf die auf der ganzen Welt.

Auf meinen Reisen habe ich fleißig alte arabische Bücher und Schriftrollen gesammelt, sie sind schwer zu bekommen, und man muss einiges dafür bezahlen. Ich sende sie alle an die Universität Cambridge, keine Bibliothek in Europa besitzt nun so viele. Sie sind in zahlreichen, von Kalligraphen kunstvoll entwickelten Schriften verfasst: In Thuluth, Naschi, Farsi, Rihani, Diwani, Kufi, um nur die wichtigsten zu nennen. Wunderbare Sprachbilder, deren Schönheit ich bewundere. Das Wort ist auch das Bild, eine Einheit des Denkens, die es in Europa nicht mehr gibt, wo sich Bild und Schrift getrennt haben.

Oft verlasse ich den Kreis der Geschichtenerzähler, wandere einsam um das Lager herum, bewundere den

Sternenhimmel, schaue auf die Gestirne im Westen, wo ich herkam, und lasse meinen Gedanken freien Lauf.

Die europäische Zivilisation kommt mir inzwischen wie eine Fata Morgana vor, ein Spiegelbild hell leuchtender Städte, die man für wirklich hält. Alles scheint zum Greifen nah, sehr real, der erschöpfte Wanderer sieht sein Paradies, er hat es endlich vor Augen, nur noch ein paar Schritte, er rennt los, und alles verschwindet wie in einem Zauber. Man steht wieder allein im heißen Wüstensand, der Wind weht, die Sonne brennt. Schicksal des Menschen.

In der Wüste lernt man: Der Horizont ist eine imaginäre Linie, die zurückweicht, wenn man sich ihr nähert. Hier zählt im Gegensatz zur methodischen Erkenntnis die unsystematische, aus konkretem Erleben gebildete Erfahrung. Wer im Morgenland war, weiß, dass es keine unanfechtbaren Wahrheiten gibt, wie man im Abendland glaubt. Jeder erzählt seine Geschichten, um in ihnen die Form, den Inhalt und den Sinn seines Lebens zu finden. Es sind die alten, immerzu wiederholten Geschichten, die unser Dasein bestimmen. Und was die neuen Ideen betrifft: Vor jeder Kamelkarawane geht ein Esel – ohne einen Esel, der vorangeht, setzen sich die Kamele nicht in Bewegung.

Das Leben und die Gedanken einer Schriftstellerin

Exklusivbericht des Kulturredakteurs im Intelligenzblatt der Stadt

Gräfin Diana Désirée Dorothea de Arlesheim, die bekannte Schriftstellerin, eine sehr charmante und selbstbewusste Dame, sitzt im leichten gelben Chiffonkleid und mit einer turmartigen Perücke à la mode bequem in einem Voltaire und betrachtet durch ein goldenes Lorgnon ihre kunstvoll angelegte Eremitage. Ein in die Natur gebautes romantisches Labyrinth aus gewundenen Pfaden, aus versteckten Treppen und Lauben, Höhlen und Wasserfällen mit zierlichen Brücken und Goldfischen in stillen Seen. Natur und Ingenieurskunst als Einheit, eine artifizielle Wildnis als Meisterwerk der Zivilisation, ein künstliches Paradies mit strohgedeckten Einsiedeleien neben plätschernden Bächen und windstillen Aussichtsplätzen unter hohen Bäumen.

Auf einem solchen Aussichtsplatz in Sichtweite ihres Schlösschens, mit einem herrlichen Blick auf die Stadt, sitzt auch die Gräfin. Ein Musiker spielt auf einem herbeigetragenen Cembalo ein hübsches Menuett, während Gräfin Diana mit fein abgeschmeckten, fast würde ich sagen: vorgekosteten Worten, ihrem Sekretär ein Kapitel ihres neuen Romans diktiert.

Der Sekretär, unter einem Baum auf einer Holzbank sitzend, schreibt und schreibt, die Gänsefeder fliegt nur so über das Papier, die Blätter fallen in schöner Harmonie mit den Blättern des Baumes auf den Rasen, Vögel fliegen zwitschernd darüber hin, das Bild eines Malers in friedlich geordneter Natur.

Gräfin de Arlesheim schreibt gerngelesene Briefromane, die, in wechselnder Perspektive und vielfacher Spiegelung der Personen und der Handlung, das Schicksal des Menschen im Lauf der Zeit schildern. Das kurze Leben ihrer Figuren in der über sie hinweggehenden Zeit ist für sie wie eine Fuge, die in einem sich ständig wiederholenden Thema gefangen ist, das sie polyphon und kontrapunktisch, in Augmentation und Diminution, vorwärts und rückwärts, umgekehrt und im Krebsgang durchführt, eine Komposition der Stände, Adel, Bürger und Bauern, die sich in stets gleichen Bewegungen wie auf einer Spieluhr umeinander drehen, immer wieder neu aufgezogen durch den Ablauf der Zeit.

Ein Chevalier aus Paris (erste Stimme) steigt im Hotel Drei Könige ab. Ein weißgepudertes Püppchen in Atlasseide, mit Schönheitspflaster und Perücke, mit Zierdolch und allerliebsten roten Schühchen, auf einem Ball mit den reichen Bürgern der Stadt. Hinter Vorhängen die Verführung einer Bankierstochter (zweite Stimme), Skandal, Flucht nach Paris, Erpressung des Vaters (dritte Stimme), der seine Goldstücke hinterhersendet, erneuter Skandal mit einer Mätresse in Versailles vor den Augen der Königin (Wiederholung des Themas), Trennung, wahre Liebe der Bankierstocher zu einem fahrenden Schustergesellen, Tod des Vaters (Engführung), Erbschaft, sittsames Landleben, gemalt als Schäferidylle.

Ihre erfolgreichen Romane waren, vielleicht spürt das die Leserin, hinter der vordergründigen Handlung ein Abbild der Welt und der Menschen, die immerzu in der Einbildung leben, zu neuen Ufern aufzubrechen, und trotzdem nicht vom Fleck kommen, Zeit und Raum nicht abschütteln können. Wer um die Welt segelt, landet wieder bei den Grabsteinen seiner Vorfahren, denn die Erde war – entgegen dem Lockruf des Horizonts, der leider immer Horizont blieb, nie das Dahinter freigab – eben doch nicht endlos, sondern eine Kugel, auf der alle nur ihre Pirouetten drehten, ein genau vorgeschriebenes Menuett abschritten, in der unerklärlichen Zeit, die für den Einzelnen so enge Grenzen zog. Ein undurchschaubares System, das selbst Philosophen um den Verstand bringt, denn die allseits beliebte Frage: Warum ist die Welt so, wie sie ist, ist nur der Anfang eines Fadens, der in ein Labyrinth aus tausend neuen Fragen führt, deren Antworten nur aus Fragen bestehen.

Gräfin de Arlesheim nickte zu meinen Ausführungen und sagte: Vielleicht werden wir nie das Rätsel des Lebens lösen, doch unsere Fragen müssen wir immer erneut stellen, das ist unsere Aufgabe. Sehen Sie einmal dem Fährmann bei seiner Arbeit zu. Der Fluss fließt, er pendelt mit seiner Fähre von einem Ufer zum anderen. Er ist ununterbrochen in Bewegung und steht doch auf der Stelle. Das ist unser Leben. Eine Bewegung auf der

Stelle. Sinnlos? Man würde den Fährmann vermissen, wenn er nicht mehr da wäre. Der Fluss fließt, der Fährmann pendelt ruhig und gewissenhaft, bringt Menschen über den Fluss, bringt ihre Gedanken, ihre Pläne und Ideen ans andere Ufer. Der Fluss fließt, der Fährmann pendelt. Alles ist Hoffnung.

Die Gräfin hatte durch ihre Eltern eine unkonventionelle Erziehung genossen: Ein zufällig am Tag ihrer Geburt am Schloss vorbeikommender Bettler wurde zu ihrem Taufpaten bestimmt, eine Idee des alten Grafen, der ein Feuerkopf war, damit sie immer daran denke, dass die Armen ihre Brüder seien.

So veranstaltete sie einmal im Jahr ein Bettlerfest, an dem sie alle Bettler der Umgebung, und das war eine ansehnliche Zahl, persönlich bewirtete. Dadurch hatte sie ihr Stadthaus verloren, denn die bescheiden und sparsam lebenden Bürger der Stadt, die demütig im Reichtum lebten, konnten eine so tiefe Verbeugung vor der Armut nicht ertragen. Die Gräfin lebte jetzt in Distanz zur Stadt, wie sie überhaupt zu den Menschen Distanz hielt, denn sie war der Meinung: Literatur und Ruhm sind unversöhnliche Feinde.

Sie trat an ein großes Fernrohr: ›Sehen Sie hindurch, es ist auf den Ziergiebel eines Palastes in der Stadt gerichtet. Was sehen Sie? Eine Mechanik, die eine Sonne und einen Mond vor einer stillstehenden Parade römischer Ziffern kreisen lässt. Eine Narrenuhr, auf der weder Tag noch Nacht, weder Stunde noch Minute zu erkennen sind. Aber die Menschen stehen davor, recken ihre Hälse und versuchen herauszufinden, welche Zeit ihre Zeit ist. Viele leben in dieser Stadt nach dieser Uhr.

Vielleicht sind sie glücklich. Und ausgerechnet vor diesem Palast, vor dieser Uhr, stieg vor kurzem eine Montgolfière auf. Der Mensch erhob sich in die Lüfte. Damit begann eine neue Zeit. Und was taten die Bürger dieser Stadt? Sie gingen gar nicht hin. Sie hielten sich an ihre Narrenuhr und sagten, das gibt es nicht, das ist unmöglich, absolut unwahrscheinlich. Das Unwahrscheinliche lebt nur noch in den Worten unserer Bücher. Das ist so.‹

Damit war die Audienz beendet.

Protokoll der notwendig umständlichen Gründung einer Lesegesellschaft zur geistigen Befreiung aller Stände (getrennt nach Männern und Frauen)

Als Anhang: Der Diskurs nach einem Stich zwischen I. I. und dem Autor
Als Supplement: Der neue Mensch. Ein Bericht über die Überraschungen der Mechanik

Natürlich und selbstverständlich, gewissermaßen und aus grundsätzlichen Erinnerungen, weil die zu sammelnden Bücher und Journale nach Einteilung und Sortiment verlangten, nach Sinn und Zweck des Weshalb und Wozu, denn einfach nur lesen ergab keine bürgerliche Rechtfertigung, und die musste sein, um die Alltagsgeschäfte beiseitezulegen, in präsentabler Kleidung das Haus zu verlassen, geschäftig durch die Straßen zu eilen und ein anderes Haus zu betreten, in dem man in guter Gesellschaft beweisen wollte, dass das Bücherlesen eine dem Allgemeinwohl nützliche Sache sei.

In eigens angemieteten und frisch gestrichenen Räumen führte man vor leeren Bücherregalen (Legat als vorläufige Schenkung von A. Meier – wurde verdankt) in zahlreichen Sitzungen eine gut republikanische Auseinandersetzung um die Titelei des doch recht elitären Vorhabens.

Vorschläge nach der Chronik:

- Fruchtbringende arkadische Gesellschaft zu den Quellen der unverfälschten Wahrheit (Klang unglaubwürdig und hochgestochen.)
- Zur wahren Harmonie der goldenen Himmelskugel (Schien etwas abgehoben in dieser unharmonischen Welt.)
- Zum gerechten Leben, zur wahren Treue und zur vollkommenen Gleichheit (War weder beabsichtigt noch gemeint.)
- Bund der ewigen Liebe (War wohl ein Missverständnis.)
- Patriotische und korrespondierende akademisch-bürgerliche Lesesocietät (Gefiel schon eher, man sah sich darin.)
- Gemeinnützige Gesellschaft zur Beförderung des Guten und Wahren, des Nützlichen und Schönen (Das ergab einen heftigen Streit um die Reihenfolge der Begriffe. Die einen stimmten für das Wahre und Schöne, die anderen für das Gute und Nützliche als erstes Begriffspaar.)

Hier erhob sich nun etwas ungeduldig der Rektor der Universität und erinnerte an den leider kürzlich verstorbenen ehrenwerten Gelehrten I. I., würdiger Ratsschreiber und Verfasser des in der europäischen Geisteswelt berühmten Werkes ›Über die Geschichte der Menschheit‹, der als Erster eine Lesegesellschaft gefordert habe, und mahnte die stadtbekannte Bescheidenheit an: Allgemeine Lesegesellschaft genüge und sei als Bezeichnung vollkommen. Das sei der höchste von Menschen an die Gemeinschaft der Menschen zu vergebende Titel.

(Mit Einsicht akzeptiert und angenommen.)

Welche Bücher waren neben den Journalen zu sammeln? Eine rasche Mehrheit ergab: Enzyklopädien und vor allem Beschreibungen fremder Länder und Völker. Stolz erhob sich das Kind im Manne. Man würde wieder in seinem Kinderzimmer sein und seinen Träumen nachhängen auf dem Spielplatz der unbegrenzbaren Phantasie.

Schöngeistige Literatur! (Anmahnung eines Buchhändlers.) Frauenliteratur? Nun ja, musste sein, war gut für die Reputation.

(Angenommen.)

Ein Geistlicher mit langem weißen Haar verlangte, dass man kein Buch jemals aussortieren dürfe. Der Lebenssinn der Menschen ändere sich so rasch wie die Moden. Was heute bedeutsam, sei morgen vergessen und übermorgen wieder wichtig.

(Wurde zum Paragraphen. Punktum.)

Ankäufe: Als Erstes unbedingt die ›Encyclopédie‹ des Diderot. Grundstock jeder Bibliothek. Dann aber auch den Zedler, das größte Lexikon seiner Zeit, ›Universal-Lexicon aller Wissenschaften und Künste‹, 64 Bände, dazu das am Ort geschriebene ›Lexicon Universale-Historico-Geographico-Chronologico-Poetico-Philologicum‹, die ›Bibliothèque orientale‹ aus Paris, von den Seidenfabrikanten nach Mustern durchsucht, das ›Reale Staats-Zeitungs- und Conversationslexikon‹ aus Leipzig, beliebt bei den Juristen der Universität, unbedingt den ›Dictionnaire Universel de Commerce‹, in dem die Bankiers französisches und englisches Wechselrecht studierten, auch der ›Historisch-politisch-geographische Atlas der ganzen Welt‹, der zum Reisen verlockte – doch wollen wir hier nicht zum Bibliothekar der Lesegesellschaft werden. Eine Wand aus Enzyklopädien wuchs empor, die Welt war fein säuberlich nach Buchstaben sortiert, man saß bequem in den Ledersesseln bei Mocca und Tabak, unter A las man über Afrika, Amerika und Asien, fremde Welten, gut zu überblicken und bequem in der Hand liegend, wartend auf die Entdeckung.

Bei den Damen, die sich elegant in einem stilvollen Salon versammelten – ein Arrangement aus Roben, Frisuren und Blumenschmuck – war die Titelei einfacher.

Vorschläge:
- Zur schönen und liebenden Gesellschaft (Klang irgendwie falsch.)
- Zu den liebenden Königinnen der Nacht (Sehr missverständlich.)
- Zur wahren Liebe und ewigen Treue (Ebenfalls missverständlich.)
- Zu den Sternen der Liebe (War doch allzu merkwürdig.)
- Lesegesellschaft zu den Frauenzimmern (War einfach und gesellig, aber nicht zutreffend, wenn man die Kostüme der Damen sah, die attraktiv herausgeputzt von den Schauspielern des Theaters nicht nur als Vorleser träumten.)

Man blieb schließlich – den Männern folgend – bei Lesegesellschaft und wandte sich den Einkäufen zu. Der Diderot und der Zedler, das musste sein, aber auch die Damen-Enzyklopädien, das ›Nutzbare, galante und curiöse Frauenzimmer-Lexicon‹, viele Lexika über Offenbarungen der Natur, Tier-, Pflanzen- und Kräuterwelten, vielsprachig und mit Krankheitsregister auch in dieser Stadt erschienen.

Man wollte durchaus wissen oder wenigstens nachschlagen können, kümmerte sich nun aber vor allem um die Schöne Literatur, die so ausführlich und tränenreich die Wehen der Liebe zu schildern wusste. Man wollte neben dem Wissen auch die Gefühle pflegen, die das Durcheinander der Welt in eine sinnfällige und harmonische Ordnung brachten, als Kontrast zu den Männern, die der Vernunft und dem Verstand als welterfassende Kategorien mehr trauten. Und so lasen bald zum Tee die jungen Eleven der Theaterkunst, elegant an ein Spinett oder ein intarsiertes Möbel gelehnt, die ›Neue Heloïse‹ von Rousseau oder ›Lienhard und Gertrud‹ von Pestalozzi, schenkten den in ihren prachtvollen Roben und hohen Perücken in sehnsuchtsvollen Blicken dahinschmelzenden Damen durch die Umwandlung ihrer suggestiven Worte in edle Gefühle glückvolle Augenblicke, und jedes Umblättern einer Buchseite ließ die Lesegesellschaft in Wonnen erschauern, so dass einige der Damen, sich vergeblich an einen silbernen Kerzenleuchter klammernd, haltlos auf den Teppich niedersanken.

Höhepunkte bei den Männern waren die Tage, an denen man auf dem Papier die Welt eroberte: auf Büchertürmen herumkletternd die Höhe der Berge berechnete, über den Kristallleuchter mit einem Lot die Tiefe der Meere erforschte, schwankend auf den Sesseln stehend als wetterfester Kapitän große Kontinente umsegelte, neben dem heißen Ofen durch eine glühende Sandwüste ritt, vor dem offenen Fenster frierend Nordpol und Südpol auf Globen erlebend und am Abend bei Kerzenschein auf großen Karten, die auf dem Fußboden lagen, den Äquator nachzog, die Meridiane kontrollierte, Breiten und Längen nachmaß, dem Netz aus waagerechten und senkrechten Linien folgte, das den Erdball zur vermessenen Welt machte. Eigenartige Wesen in Perücken, Schnallenschuhen, Seidenstrümpfen und Brokatwesten krochen auf allen vieren über Länder und Meere, als wären sie den Seiten der Enzyklopädien entschlüpft wie Seidenfalter aus Seidenraupen, geboren aus den Stichworten und Welterklärungen der Nachschlagewerke, die täglich in Fortsetzung ein Supplement gewährten, so dass alle im Stand der jeweils gültigen Erkenntnisse lebten.

Die Frauenzimmer, wie sie sich untereinander titulierten, wandelten ebenfalls gerne und ausdauernd auf den neuen Wegen der Gelehrsamkeit.

Unabhängig von den leider nie endenden Modefragen, die Pariser Journale waren diesbezüglich sehr störend, pflegte man das Wissen und Denken, wobei die Fragen eher ins Kleine gingen, Antworten waren dort eher zu erwarten. Ein Fernrohr verführte nur zu Spekulationen, drehte sich die Welt oder drehte sie sich nicht, eine unendliche Frage ohne jede Antwort. Ein Mikroskop erzählte von der Welt eines Wassertropfens, unvorstellbar winzige Lebewesen, kaum zu erkennen, das gab auch zu denken.

Man las Naturbücher, bewunderte die herrlichen Stiche von Blumen, Raupen und Schmetterlingen, was zum Ärger des gelegentlich anwesenden Dompredigers zu Fragen nach der Erschaffung der Welt führte, zu Überlegungen nach der Lage des Paradieses. War man auf dem Weg dorthin? Entfernte man sich von dort? Philosophische Werke wurden gelesen, hinterließen noch mehr Fragen, immerhin Fragen, die Antworten waren doch allzu voreilig.

Aber man wollte die Kathedrale in der Stadt lassen. Wozu unnötige Diskussionen? Der Glaube war eine Stütze der Gesellschaft, man war nicht revolutionär gesinnt.

Also wandte man sich wieder den Wassertropfen zu, stellte durch chemische Experimente fest, dass der Wassertropfen veränderbar war, behielt dieses Wissen aber erst einmal für sich.

Legende über den Diskurs zwischen I. I. und dem Autor in der Lesegesellschaft der Stadt B. (nach einem Stich erzählt)

(Ein colorierter Stich an einer Wand der Lesegesellschaft erzählte von einem Gespräch zwischen I. I. und dem Autor. So wenigstens die Legende, die sich wie alle Legenden frei schwebend erhob und dem gesprochenen Wort gehorchte, wenn sie überhaupt gehorchte und sich nicht in ihrer Art nur nach der schönen Phantasie richtete. Fragen wir nicht nach der Wahrheit der Geschichte, folgen wir der Legende, sie hat ihr eigenes Recht und lebt nach ihren eigenen Gesetzen.)

Am Anfang eines jeden Diskurses mit I. I. stand immer seine These: ›Der Mensch ist gut. Man muss ihn nur aufklären.‹ Diese nach dem Lauf der Geschichte etwas überraschende Behauptung musste bewiesen werden, weshalb I. I. zu einem störrischen Monologisieren neigte. Es gibt viele Rechtschaffene, dozierte I. I., aber sie wirken vereinzelt, brauchen Aufmunterung, Gespräche, Beratung. Wir müssen überall Gesellschaften gründen, internationale Akademien für Fragen gesellschaftlicher Ethik, um die Gesetzgebung aller Völker zu diskutieren, um vernünftige Gedanken zu denken, die Kräfte der menschlichen Vernunft zu stärken.

Er war Ratsschreiber der Stadt, ein Ehrenamt und wie alle Ehrenämter nicht besonders bezahlt, dafür erledigte er seine Korrespondenz mit den Gelehrten Europas während der Ratssitzung, was den protokollierten Ratsbeschlüssen zu unerwarteten Kommentaren verhalf, die sich Bürger- und Zunftmeister nie erklären konnten. In einem eleganten Gehrock, den er in seinen Pariser Jahren gekauft hatte, immer eine Mappe mit Manuskripten in der Hand, eilte er durch die Stadt, seinen Dreispitz hielt er bei seinen stürmischen Nachdenkspaziergängen schneidig gegen den Wind.

I. I., der in dem Glauben lebte, dass der Mensch gut sei, traf auf rechtschaffene Bürger, die ihm sagten, das pflegt zwar den Charakter wie einen schönen Garten, aber jeder Glaube sieht die Welt nur in seiner Interpretation, was in der Regel zu schrecklichen Irrtümern führt.

I. I. kannte diesen Einwand und sagte deswegen gerne: ›In meiner Geschichte der Menschheit bin ich nicht davon ausgegangen, vom Aufstieg und Fortschritt des Menschen zu berichten. Diese Leitidee meines Lebens, ich betone es, ist das Ergebnis meiner Arbeit, meines Schreibens.‹

Der Autor schloss sich dem Gedankengang I. I.s an und rief erfreut: ›Ich schreibe immer mit einem offenen Ergebnis. Das Ende der Geschichte will ich nicht kennen. Mir geht es um die Entstehung und den wechselnden Verlauf einer Geschichte. Das Ende ist ja doch meist kläglich. Die Absichten des Menschen sind groß, die Ideen strahlend, aber die Zeit, die Umstände, der Wirrwarr aus Ansichten, Meinungen, Reaktionen – oft realisiert sich eine schöne Absicht erst in ihrem hässlichen Gegenteil. Die Sprache obduziert das in vollendeter

Klarheit. Ihr muss man folgen. Sie zeigt auch alle Narrheiten auf.‹

›Die darf man nicht verschweigen‹, sagte I. I., ›doch erstaunt es sehr, wenn man erkennt, dass auch die Verderbnis der Zeiten ihr Gutes für den Weitergang der Menschheit hat. Aus einem Irrtum kann Großes entstehen, aus einer bösen Absicht eine reine Idee.‹

Der Autor wollte noch etwas über das Schreiben ausführen, das als Methode die Möglichkeiten unserer Erkenntnis bestimmt, er wollte noch ausführen, dass in der Sprache unsere Gefühle und unser Wissen enthalten sind und dass wir darüber hinaus nichts fühlen und wissen können, wenn es nicht in der Sprache ist und damit in der Welt, denn unser Bewusstsein ist identisch mit dem, was wir in die Sprache gebracht haben. Aber I. I. ging schon wieder auf das reine Wissen los: ›Wir dürfen nicht wie Adam und Eva vor dem Baum der Erkenntnis fliehen. Wir müssen in den Apfel beißen. Wir dürfen nicht Augen und Ohren schließen und vom Paradies träumen, diesem Irrgarten mit seinen vier Flüssen, seinen Engeln und seinen zahmen Tieren, das Schlaraffenland der Dummheit, ein Labyrinth ohne Ausgang. Wir müssen das Paradies erschaffen. Aber überall herrscht noch Dunkelheit, auch in unseren Rathäusern herrscht noch das Unwissen, da fehlt es noch an Zweifeln und an der freien Denkart, da ist noch viel Verwirrung und Unordnung vonnöten.‹

Der Autor schaute etwas skeptisch drein, und I. I. setzte resigniert hinzu: ›Vielleicht ist alles nur ein Traum, aber es ist ein so schöner Traum, man darf ihn nicht fahrenlassen. Ich traf Rousseau …‹ – eine Pause, dann eine wegwerfende Handbewegung. Er überlegte weiter. ›Das Christentum …‹, wieder diese Handbewegung. ›Ich habe das Nötige dazu in meiner Geschichte der Menschheit geschrieben.‹

Der Diskurs führte nicht, wie beabsichtigt, ins Freie der Gedanken, sondern immer wieder in die Mühlen der Reflexion. Aber dieser Mann war doch zu bewundern. Seine unbestechliche Denkart hatte ihm ein unschönes Leben beschert, viel saures Brot in geronnenen Milchsuppen. Er konnte es trotzdem nicht lassen, Gesellschaften für das Gute und Gemeinnützige zu gründen, und schrieb an einem Flugblatt, in dem er der Stadt, die mal wieder keinen Fremden in ihre Stadtmauern einlassen wollte, die Leviten las und ihr klarmachte, dass ohne die Fremden in dieser Stadt kein Leben sei.

Der Autor – sowieso überall ein Fremder – unterschrieb das mit Überzeugung, was ihm später eine Ermahnung der biederen Denkungsart eintrug.

I. I. ging aufrecht davon, seinen geliebten Sokrates auf den Lippen, irgendwie unbesiegt, obwohl die folgenden Ereignisse, die mal wieder das unerwartete Ende einer langen Geschichte darstellten und alles ins Gegenteil verkehrten, ihm doch sehr zusetzten. Im Alter wollte er dann nicht mehr schreiben, er las den Don Quichotte.

Der neue Mensch

Supplement von den Überraschungen der Mechanik

Ein zunächst nicht recht wahrgenommenes, weil trotz aller Plakate und Anzeigen doch recht beiläufiges Ereignis revolutionierte die Köpfe erst im Nachhinein.

Ein Uhrmacher hatte drei Automaten konstruiert, sinnigerweise die drei Künste verkörpernd, die am Beginn der Menschheitsgeschichte standen. Einen Schreiber, einen Zeichner, eine Musikerin. Alles schien noch einmal von vorne zu beginnen, aber diesmal automatisch und beherrschbar und berechenbar. Das Labyrinth des Lebens sollte kein unlösbares Problem mehr sein, die Menschen würden den Ausgang diesmal finden. Der Traum vom Paradies schien erfüllbar, machbar.

Der Schreiber schrieb sorgfältig vierzig Buchstaben auf ein Papier, tauchte die Gänsefeder ins Tintenfass, schrieb unermüdlich weiter.

Der Zeichner konnte vier wechselnde Zeichnungen ausführen, begutachtete sie mit schrägem Kopf, blies auf die Skizze, um sie zu trocknen, zeichnete weiter.

Die Musikerin spielte herrliche Kompositionen auf einem Spinett, ihr Körper bewegte sich dazu, nach jedem Lied erwies sie dem Publikum ihre Reverenz.

Die drei Puppen waren lebensgroß, schön gekämmt, in Samt und Seide und Spitzen gekleidet, jedenfalls hübsch anzusehen, sie atmeten tief, hoben die Augenlider und sahen mit vertrauensvollen Blicken die vor ihnen sitzenden Menschen an, die nach langem Schweigen verlegen lachten, um ihrer Beklommenheit zu entfliehen.

Am anderen Tag herrschte in der Lesegesellschaft der Damen und der Herren Schweigen. Einige ahnten, dass die jahrtausendealten Fragen der Menschheit, versammelt in Bibliotheken und Museen, eine unerwartete Antwort gefunden hatten. Einige erinnerten sich an die Montgolfière, die sich vor kurzem über die Dächer der Stadt erhoben hatte. Alles entwickelte sich anders, als man vorausgesehen hatte.

Die mit sich selbst verwandte Frau B. B. sah wie immer die nützliche Seite und sagte zu der mit sich selbst verwandten Frau S. S. (man blieb in dieser Stadt gerne unter sich): ›Das sind die neuen Menschen. Etwas beschränkt in ihrem Programm. Aber außerordentlich zuverlässig. Sie stellen auf keinen Fall Fragen.‹

Bei den Herren versteckten sich alle hinter den Journalen mit den neuesten Pamphleten. Die alten Enzyklopädien schwiegen golden in den Regalen. Es kam mal wieder eine neue Zeit.

Nur der mit sich selbst verwandte Regierungsrat V. V. fragte in seiner ›fainen‹ Art (in dieser Stadt die Steigerung von fein): ›Wird es noch Menschen geben?‹

V Und wie weiter?

Adonai erschuf die Welt durch das Wort,
darauf verwandelte er sich selber in das Wort.
ALTES TESTAMENT

Dies ist das Buch des Lebens,
da es das Leben in sich birgt.
EVANGELIAR HEINRICHS III.

Das Leben in der Zukunft, der Vergangenheit und der Gegenwart, nach zeitgenössischen Berichten vom Autor in drei Kapiteln neu geschrieben

I

Professor Aleatoris, ein Zugewanderter, von dem man nicht so genau wusste, woher er kam, stellte sich gerne als Professore für vergessene Sprachen und Hieroglyphen vor, auch als Dottore der sieben freien Künste der Antike, umfassend die Arithmetik und die Geometrie, die Astronomie und die Musik, die Dialektik, Grammatik und Rhetorik.

In den stillen Nächten, die den lärmenden Tag ablösten, schrieb er an seinem Lebenswerk, der von Eingeweihten bereits als neue Bibel bezeichneten Enzyklopädie der Möglichkeiten, in der er das Fremde im Eigenen, die Lüge in der Wahrheit, den Traum im Wachen in einer Kritik der Sprache suchte, um Chaos in die Ordnung zu bringen, Irrsinn in den Sinn und eine Lehre vom richtigen Leben im Falschen zu begründen.

Das Licht in seiner Bibliothek brannte vom Abend bis zum Morgen, ein Leuchtfeuer des Wissens, das dem Nachtwächter als Orientierung diente, das aber auch Ärgernis erregte, weil es nicht der Gewohnheit entsprach, denn mit der Nachtglocke war das Licht zu löschen, der Geist hatte zu ruhen, Nachtgedanken waren unerwünscht, auch nicht unbedingt hilfreich bei den Geschäften des Tages.

In der Stadt war der Professor nur dadurch bekannt, dass er in Gedanken, in denen ein Mensch ja sein soll, in Pantoffeln und offenem Morgenrock die geleerten Flaschen der Nacht zum Weinhändler brachte und wieder füllen ließ. Herumgesprochen hatte sich auch, dass der zugewanderte Gelehrte, der zunächst dem Ruf der Universität gefolgt war, diese Universität wohl bald wieder verlassen müsse, seiner unkonventionellen Vorlesungen wegen, die seinem unkonventionellen Lebenswandel entsprachen, was ihn bei seinen Kollegen unbeliebt, bei den Studenten aber beliebt machte, so dass seine Wohnräume am Tag eine Gegenuniversität bildeten.

Professor Aleatoris hatte zum Entsetzen aller Professoren der Universität eine Magd geheiratet, die nie eine Schule besucht hatte und nicht lesen und schreiben konnte, deren Wissen er trotzdem rühmte, weil es ein Beweis für die Unbildung der Gebildeten war, denn schließlich beherrsche seine Frau das Leben mit außerordentlicher Geschicklichkeit, was man von vielen Studierten nicht sagen könne, und auf diese Lebensklugheit komme es ja wohl an.

Er lebte überhaupt nach eigenen Maßstäben in wechselnden Zeiten. Jeder Raum der Wohnung hatte einen anderen Kalender und eine andere Uhrzeit, um die Relativität der herrschenden Zeitordnung zu beweisen. Ein Raum war nach dem christlichen Kalender und der Zwölfstundenuhr eingerichtet, ein anderer nach dem mohammedanischen Kalender und der Mondzeit, der nächste nach dem jüdischen Kalender und einer rückwärtslaufenden Uhr mit hebräischen Ziffern, wieder ein anderer Raum nach dem von der Französischen Revolution erdachten rationalen Jahreskalender mit dem Monat zu dreimal zehn Tagen und einer Uhr, die den Tag zu zehn Stunden à hundert Minuten à hundert Sekunden anzeigte.

Viele Räume waren mit Land-, See- und Himmelskarten tapeziert, die vom Boden bis zur Decke reichten, darunter viele Karten mit der alten Ausrichtung nach Osten, zum Orient, was ebenfalls eine neue Orientierung erzwang. So konnte man, durch die Räume schreitend, die Welt auf den Kopf stellen, was Professor Aleatoris mit Vergnügen tat.

Seine Devise war: ›Ich widerspreche mir selbst‹, und so waren seine unregelmäßigen Vorlesungen, die er, alle Räume durchwandernd und die Themen wechselnd, in freier Manier abhielt, eher Fragen als Antworten. ›Die Wirklichkeit ist der Feind der Möglichkeit‹, das war seine Lieblingsthese: ›Das Leben besteht aus tausend Möglichkeiten, die wir nicht kennen, weil wir sie nicht für möglich halten. Wir leben in willkürlichen sprachlichen Konventionen, irgendwann und irgendwie entstanden, in Gewohnheiten, die wir Traditionen nennen, deren Sinn wir nicht mehr kennen, halten das für die naturgemäße unabänderliche Realität, kurz Wirklichkeit genannt. Diese schon religiöse Achtung vor den Tatsachen, dieser feste und unerschütterliche Glaube an das Gegebene ist deprimierend. Nichts ist unerträglicher als unsere Gewissheit, denn alles Bewiesene wird zur phantasielosen Binsenweisheit. Man darf selbst das Bewiesene nicht einfach so hinnehmen, wie viele Möglichkeiten muss man ausschließen, um etwas als gewiss hinzustellen. Ein Mensch sollte sich von solchen Lappalien wie Wissen und Glauben nicht einschüchtern lassen, seine Zweifel sind erhabener. Selbst für einen anständigen Glauben gibt es viel zu wenig Unmögliches in den Religionen, man behilft sich mit Wundern, wie einfallslos. Alles nur Dogmen und Gebote, Postulate und Vorurteile, eingebildete Weltanschauungen. Märchenhaft nennen sie alles, was nicht vernünftig ist, was phantasievoll ist, was sie nicht auf Anhieb verstehen. Die große Geschichte der Menschen, das Märchenhafte der Zukunft, es existiert für sie nicht. Alle reden immer nur vom Ende der Zeiten, warum nicht endlich einmal vom Beginn der Zeiten. Anstatt das Unmögliche ins Mögliche zu verwandeln, jammert alle Welt: Arcadia – Tempora Mutantur – ach, lassen wir das … Zweitausend Jahre haben alle geglaubt, was Aristoteles schrieb: Dass die Sterne am Himmel in Kristallringen feststehen, bis einer hinaufsah und feststellte, es stimmt nicht. Irgendwann wird einer zum Mond fliegen, aber sagen Sie das ja nicht heute. Wer die Wahrheit ausspricht, weiß nie, wie es endet. Die Wahrheit ist amtlich festgelegt und riecht nach Scheiterhaufen. Auch Ruhm ist gefahrvoll.

Eine dieser alten Städte in Italien wollte einen verdienstvollen Bürger angemessen ehren, aber es sollte nichts kosten, die Bürger wollten ihren Verdienst behalten. Was machte die Stadt? Sie ließ ihn umbringen und verehrte ihn als Stadtheiligen. Eine sparsame Stadt mit ehrbaren Bürgern. Die Geschichte hat mir Professor B. erzählt. Sie wissen, wen ich meine.‹ Er ging zum offenen

Fenster, winkte zu einem gegenüberliegenden offenen Fenster und drehte sich wieder um: ›Ja, die Wahrheit ist ein gefährliches Geschäft. Sie wird schnell zum Eigentum und verbissen verteidigt, dabei sollte sie allen gehören und wandelbar sein. Nehmen Sie nur die Vertreibung aus dem Paradies. Welch ein Segen. Wo ist da das Entsetzen? Der Mensch wurde sterblich, gut, aber auch immer wieder neu geboren. Tod und Geburt, ein ständiger Neuanfang. So entstand die menschliche Kultur und Zivilisation. Lesen Sie Milton:

Im Blick zurück
sahen sie das Paradies.
Der Ort des Glücks
von Flammen überzogen
Tränen flossen
und trockneten wieder.
Die Erde öffnete sich weit
für ihre neue Lebensart.
Hand in Hand durchschritten sie die Welt
und begannen ihren eigenen Weg.

Wir Menschen erschufen unsere Welt. Dafür sollten wir Gott danken. Das Paradies war nur ein vergessenes Dahindämmern ohne jede Erkenntnis, eine schlafende Existenz in der Natur. Eva war im Recht, als sie vom Baum der Erkenntnis aß. Sie war eine Frau, sie wollte gebären. Wer hat sie so erschaffen? Danken wir dieser Frau. Sie erkannte die Möglichkeit in der Wirklichkeit.‹

Erschöpft warf er sich in einen Sessel: ›Im 15. Jahrhundert, in der Mingdynastie, sammelten auf Geheiß des Kaisers von China zehntausend Gelehrte das Wissen der Welt und schrieben eine Enzyklopädie von elftausend Bänden. Ich bin allein und immer noch bei Adam und Eva.‹

Die Vorlesungen fielen aus, wenn in der Stadt ein Jahrmarkt war, denn Professor Aleatoris ließ keinen Jahrmarkt aus, weil die dort vorgeführten Wunder und Zauberkunststücke für ihn der Beweis waren, dass alle, die sich zwischen den Buden drängten, auf der Suche nach dem Unwirklichen waren, von dem sie noch lange erzählten, um ihre Wirklichkeit zu beleben. Er liebte die Seiltänzer, die ihr Seil von einem Ufer des Flusses zum anderen spannten und leicht und tänzerisch über das Wasser spazierten, er beklatschte die Zauberer, die ein Kaninchen in einen Bären verwandelten, für ihn der Beweis, dass das Unmögliche zumindest auf zauberhafte Weise möglich sei.

Im Alter wurde er als Unruhestifter und Jugendverführer aus der Stadt verbannt, ein sehr mildes Urteil eines überaus weisen Rates. Er lebte von da an bei den Bauern, die durch ihre Arbeit alles erhielten, die, ohne darüber nachzudenken, in einem jahrtausendealten Rhythmus ihre Felder bestellten, ihr Vieh hüteten und ihre Höfe erneuerten und nicht einmal wussten, ob sie damit zufrieden waren, weil sie in der Gewohnheit ihrer Vorfahren lebten, die für sie die Notwendigkeit des Lebens war.

Nach dem Tagwerk hörten sie am Abend gerne seine märchenhaften Erzählungen über das Mögliche im Wirklichen, für sie waren es Gedanken aus einer anderen Welt, aber sie gaben ihm dafür Kost und Logis und liebten ihn als ihren Narren, denn er mochte recht haben – möglicherweise.

II

Professor B., von den Studenten nur Resignatus genannt, ein Kunsthistoriker von Rang, dazu ein Stadtbürger aus alter Familie, brauchte kein Nachtlicht wie sein Gegenüber, er studierte am Tag in seiner Bibliothek und lebte so zurückgezogen, dass man gar nichts über ihn wusste.

Das Haus verließ er nur, um zur Universität zu gehen und dort seine Vorlesung zu halten. Beschäftigte sich Professor Aleatoris mit der Zukunft der Menschheit, mit dem, was noch nicht war, aber möglich wäre, dachte Professor Resignatus nur an die weit zurückliegende Vergangenheit. Er erforschte das Leben der Römer und Griechen und der alten Kulturvölker des Orients, ergründete ihre Gedanken, studierte ihre Kunst und Zivilisation und deren ständigen Absturz in die Barbarei, der anscheinend unvermeidbar war, was sein Urteil über die Gegenwart, und darin war er Professor Aleatoris ähnlich, ein wenig trübte. Er sah nur Verfall und Degeneration, Diktatur und Tyrannei, hilflose Politiker und Wirtschaftsdenken und in der Kunst überall nur Scharlatane. Er ahnte schlimme Zeiten voraus, den Verfall der Zivilisation, das Ende der Menschheit. Für ihn war alles nur ein Werden und Vergehen, alle Erscheinungen nur vorbeigleitende Augenblicke, von den Menschen in Bildern und Geschichten festgehaltene und herausgelöste

Phasen eines endlosen Wechsels, willkürlich mit Bezeichnungen versehen, um eine vorläufige Ordnung zu errichten, die doch wieder in sich zusammenfiel, in ihrer Bedeutung sinnlos wurde. Epochen und Jahrhunderte wie Ebbe und Flut, Tag und Nacht, Geburt und Tod.

Trost fand er in den Kunstwerken der Alten, die er in zahlreichen Stichen um sich versammelte, und in den letzten Worten großer Männer, die er emsig sammelte, in sein Notizbuch schrieb und als geheimen Schatz bei sich trug. Für die Einwohner der Stadt war er ein Misanthrop, der keinen Gruß erwiderte, ein grämliches Gesicht unter seinem flachen traditionellen Stadtbürgerhut, aber da war er nicht der Einzige, Misanthropen gediehen hier besonders gut.

Jeden Morgen sah er aus dem Fenster und stellte mit Verbitterung fest, dass die Welt fröhlich weiterexistierte, die Menschen sich um keine Vorhersage kümmerten, einfach da waren und lebten. Nach einem Gruß zum gegenüberliegenden Fenster zog er sich zurück, zog die Vorhänge zu und beschrieb weiterhin den Verfall der Kulturen, lebte weiter in jener seltsamen Welt, die wir Vergangenheit nennen und weit vor unserer Zeit ansiedeln, das mythische Reich der Toten, bewahrt in den alten Geschichten, die, immer neu erzählt, nur eine einzige Geschichte waren, ineinander verwoben und verknüpft, verschiedenfarbige labyrinthische Muster, die vom Schicksal des Menschen erzählten.

Im Alter saß der Professor mit einem schönen Blick zur Stadt auf dem Friedhof, zwischen dem Labyrinth der Gräber und den in Stein gemeißelten Gedenksätzen, die dem Leben des Toten wenigstens hier noch einen

Sinn geben sollten, den er im Leben offenbar nicht gefunden hatte, wobei ein Sinn ja nur im Leben zu finden ist und nicht im Tode, aber sei's drum, sagte er jedes Mal.

Es war ein alter Friedhof, wie alles in dieser Stadt sehr alt war. So tief man auch grub, man stieß auf Gräber. Über Jahrtausende wurden hier die Toten der Erde übergeben, in Hockstellung, auf dem Rücken liegend, als Asche in einer Urne, mit Schmuck und ohne Schmuck, mit Waffen und ohne Waffen, mit Dienerschaft und ohne Dienerschaft, bis zurück zur Steinzeit, Namen, Titel und Heldentaten, Sohn des …, Herrscher von …, geweiht den Göttern …

Mit dem Totengräber sprach er Latein, denn der kannte den Horaz auswendig, was in dieser Stadt nichts Ungewöhnliches war. Der Totengräber zeigte mit seiner Schaufel auf die Gräber:

Qui fit Maecenas, ut nemo quam sibi sortem
seu ratio dederit seu fors obieceriet, illa
contentus vivat, laudet diversa sequentis?

›Hier liegen viele Leute, die zu Lebzeiten etwas anderes sein wollten, als sie waren. Der Bauer wollte Hauptmann sein, der Hauptmann wollte Kaufmann sein, der Kaufmann wollte Forscher sein, der Forscher wollte Ratsherr sein, der Ratsherr wollte Kapitän sein, und der Kapitän wollte Bauer sein.‹

›Ja‹, sagte der Professor, ›sie eilen mit schnellen Uhren und wendigen Kalendern, überholen einander auf dem Weg ins Narrenparadies und enden doch nur hier in der ewigen Zeit, die die wirkliche Zeit ist.‹

Und so blieb die Frage aller Fragen zwischen den beiden Professoren in kollegialer Höflichkeit unbeantwortet: Die Frage, ob das viel gesuchte Paradies eine Geschichte der Vergangenheit war, die die Menschheit in unerfüllbarer Hoffnung mit sich herumschleppte, ganze Völker in Wanderschaft versetzte, in Erwartung des Tages, an dem sich das Paradies vor ihren Augen auftat, oder ob das Paradies eine von den Menschen in ihrer Zukunft zu realisierende Geschichte war, die Idee einer Geschichte, die noch zu erzählen blieb.

Lag also die Vergangenheit in einer unendlich fernen Zukunft, oder lag diese gedachte Zukunft in einer sich immer weiter entfernenden Vergangenheit? Was war dann aber unser Leben in der Gegenwart? Eine Utopie?

III

In einer selbst erschaffenen Gegenwart lebte Graf Tadeusz Stanislaw Krzysztof Piotr Podolski von Podolski, ein Name, der ihm gefiel und den er in einer eigenhändigen Taufe irgendwann einmal angenommen hatte. Seinen richtigen Namen hatte er vergessen, sein Leben erfüllte sich im Spiel, wobei er die übernommene Rolle eines Grafen mit solierender Elegance darbot. Die Phantasie seines Spiels und seiner Gedanken akzeptierte die Welt wie einst Don Quichotte nicht als reale Erscheinung. Für ihn, einen Graf Podolski von Podolski, war die Gegenwart ein Potemkin'sches Dorf, bestenfalls eine unvollendete Utopie, die er sich mit täuschenden Trompe-l'œil-Bildern in allen Farben wie eine barocke Kirche ausmalte. Worte wie Wirklichkeit und Wahrheit waren ihm unverständlich, da versagte sein sonst so wendiger Kopf, und er glaubte auch nicht, dass die, die diese Worte wie einen Bauchladen vor sich hertrugen, wussten, was sie da verkauften, sie erlagen wohl selbst einer Täuschung.

Er spazierte in einem weißen Leinenanzug mit einem cremefarbenen Seidencape und einem Tropenhelm durch diese Welt aus Verdienst und Einfluss, Nützlichkeit und Wahrscheinlichkeit, Berechnung und Versicherung, notariell beglaubigten Verträgen und Absichtserklärungen, täglichen Zeitungsmeldungen, Ratssitzungen und Wettervorhersagen, suchte und fand immer viele Zuhörer für seine Geschichten aus Zufall und Absichtslosigkeit, Vergessen und Erinnern, Geschichten ohne Anfang und ohne Ende, denn auch die von den Menschen erschaffene Welt war unvollendet und existierte nur in der Interpretation eines jeden.

Podolski sagte: ›Für mich ist sie ein unfertiges Bild, das sich jeder selbst ausmalen muss. Ein Bild aus Worten und Farben. So wie wir durch das Erzählen selbst älteste Zeiten in unsere Zeit herüberholen.‹ – Sätze, die den Zuhörern Rätsel aufgaben.

Podolski sagte: ›Man hält mich für einen Narren. Das macht nichts. Wer andere zum Narren erklärt, ist selbst ein Narr. Er weiß es nur nicht. Es ist gescheiter, wenn man es weiß.‹

Als Beruf trug er in den Gasthöfen ein: Projektiver Geograph. Spekulativer Geograph wäre auch nicht falsch gewesen, es war ein um diese Zeit gefragter Beruf.

Die Erde war nur teilweise erforscht und vermessen, auf den Karten schwammen noch viele weiße Flecken herum, lösten Ahnungen und Vorstellungen aus und suchten ihren endgültigen Platz. Kapitäne und Forscher reisten nach seinen Ideen um die Welt, er dachte sich ferne Inseln und Länder, ja ganze Kontinente aus, die es irgendwo zwischen diesem und jenem Breitengrad geben müsste, und zu seiner eigenen Überraschung fand man hier und da unentdeckte Küsten voller Verheißungen auf Glück und Reichtum, paradiesische Eilande, auf denen man die eigene Fahne hissen konnte und dadurch zum Besitzer wurde.

Dieser Fremde – so nannte man alle, die nicht hier geboren waren – war den Gerüchten nach aus altem polnischen Adel, dazu, wie es sich für einen Polen gehörte, leider im Exil. Er hatte offenbar die ganze Welt bereist, zumindest konnte er auf eine sehr eigenartige und detailreiche Weise erzählen, sie bereist zu haben, wobei er auch von Ländern und Völkern berichtete, die für den wahrheitsliebenden und wirklichkeitsversessenen Zuhörer auf keiner Landkarte zu finden waren. Auch waren seine Abenteuer oft so unvorstellbar, dass sie wiederum Rätsel aufgaben, und mancher argwöhnte, dass sie nur in seinen Worten existierten, wenigstens das war vorstellbar.

Für ihn schien diese Welt sowieso nur aus seinen Erzählungen zu bestehen. Und so erblühten in der verräucherten Dämmerung alter Gastwirtschaften vor den angespannten Gesichtern der Bürger Gewürz- und Blumeninseln, deren betäubendem Duft sich keiner der

Anwesenden entziehen konnte, geblendete Augen sahen das Land, das mit goldenen Spiegeln umstellt war und in dem Männer und Frauen in einem See aus purem Gold badeten. Es gab die Inseln der Unsterblichen, auf denen ein Wunderbaum wächst, dessen Früchte ewiges Leben bescheren, aber leider, leider schwer zu finden, diese Inseln treiben auf dem Wasser wie Flöße vor dem Wind. Ganz wunderbar aber ist die tropische Eisinsel, auch nicht leicht zu entdecken, sie zieht mit der Strömung vom nördlichen Pol der Erde zum südlichen Pol, unter dem Äquator taut sie auf zur Blüte einer paradiesischen Insel, die Blumen so hoch wie Bäume, der Strand wie weicher Samt, die Seen angewärmt, es ist das Paradies, ganz ohne Zweifel. Aber am Südpol verwandelt sich die Tropeninsel wieder in Eis, in dem alles erstarrt und erfriert, driftet danach wieder zurück, blüht auf unter dem Äquator und endet erneut am Nordpol als Eisberg. Man hat sie noch nicht entdeckt, weil man sie entweder als Eisberg oder als tropische Insel kennt. ›Ich setzte mich einmal auf einen Eisberg, weil ich glaubte, es sei diese Insel, aber es war nur ein Eisberg, und vor Afrika wäre ich fast ertrunken. Man wird sie aber bald finden. Ich darf nur nicht sagen wo. Geheimsache. Ein Schiff ist gerade dahin unterwegs.‹

Er zog ein Amulett vom Hals und zeigte es herum: ›Ein Skarabäus aus einem ägyptischen Königsgrab in der Gestalt des Sonnengottes, das Siegel des Königs.‹ Er lehnte sich zurück, sein Gesicht verklärte sich, seine Augen leuchteten vor Glück, seine Stimme wurde immer leiser: ›Sonnengötter, Wassergötter, Berggötter, Flussgötter, Baumgötter, welch wunderbare Welt.‹

In diesen Momenten war Graf Podolski König seiner erzählten Welt, er saß in einem Thronsaal voller Landschaftsbilder, wie es ihn im Warschauer Königsschloss gab, Bilder, hinter denen die Welt verschwand. Ein Traumspiel als Utopie der Gegenwart, die durch das Spiel durchscheinend wurde.

Für ihn war das Pathos des Herzens das allgemeingültige Maß des Lebens. Viele nannten das eine romantische, unverständliche, geradezu unvernünftige Haltung, aber er war ein Pole, und so war ihm das natürliche Pathos der Menschen gegeben, die ihr Schicksal in der Tragik begriffen, die ihnen den Stolz und die Würde eines Weiterlebens auch in demütigenden Zeiten ermöglichte, auch unter den schwierigsten Lebensumständen einen aufrechten Gang in der Rebellion des Trotzdem.

Ironie, diese Lebenskrankheit einer bürgerlichen saturierten Welt, war ihm fremd, unbegreiflich, verachtenswert. Ironie setzte voraus, dass man diese Welt akzeptierte, sie aber in spöttischer Distanz hielt, eine unsägliche Haltung, die er als Pole nicht verstand. Ein Mensch, der diesen Namen verdiente, erlitt diese Welt des Unvollendeten und Ungerechten und war stolz auf dieses Erleiden, auf diese Passion, die ihm seinen Lebenssinn gab.

Das Sprachbild

Eine Begebenheit aus dem Buch der Weisen

Und es geschah eines Tages vor langer Zeit – in der Stadt erzählt man noch heute davon, denn die dunklen und undeutbaren Wunder des allmächtigen und allwissenden Schöpfers der Welt sind nichts gegen die närrischen Kapriolen des menschlichen Verstandes, der als Konstrukteur und Erbauer, Gesetzgeber und Richter ja nur ein Schriftgelehrter ist.

Es geschah also aus nicht mehr nachvollziehbaren Gründen – aber Gott weiß mehr, und das Rätsel des Menschen ist ungelöst –, dass der Privatgelehrte Riggenbach-Riggenbach – aus ganz unschuldigen Gründen mit sich selbst verwandt – Besitzer einer der größten Bibliotheken der Stadt – in guter Tradition über Generationen weitervererbt – zwischen seinen Büchern den Ruhepunkt eines Bildes vermisste.

Riggenbach-Riggenbach wurde von allen nur Odysseus genannt, weil er stets auf seine Weise reiste, das heißt, die Welt nur durch seine Bibliothek erlebte. Er trat niemals vor die Wälle der Stadt, die Veränderungen in der Natur kannte er nur aus den allerdings hervorragenden Stichen in seinen Büchern. Denn musste der, der über die Welt und das Treiben der Menschen nachdachte, sich auch noch auf Reisen begeben, die doch nur die

Gedanken durch läppische Ereignisse, die bestenfalls zu Anekdoten taugten, von den grundsätzlichen Fragen ablenkten. Eine Streitfrage, die immer als Glaubensbekenntnis endete. Der eine wollte die Welt erleben, der andere wollte sie betrachten, der eine wollte das Direkte, dem anderen genügte das Indirekte. Man musste sich entscheiden. Riggenbach-Riggenbach hatte sich für die Lektüre der Bücher entschieden. Wie ein Klosterbruder nach den Regeln des Ordensgründers lebte er nach dem Tractatus Philobiblon des Richard de Bury aus dem Jahr 1344 im mönchischen Gewand im Labyrinth seiner Bücher. Ein zufriedener Mensch, denn wie schreibt schon der weise de Bury: ›Die Bücher entzücken uns, wenn uns das Glück lacht, sie trösten uns, wenn uns das Unglück quält. Bücher formen unsere Gedanken, in ihnen wohnen die Künste und die Wissenschaften, sie sprechen Recht, bewahren unsere Bräuche und schreiben die Geschichte des Menschen. Durch sie erkennen wir die vermessene Erde und das unendliche Firmament, die Natur mit all ihren Landschaften, ihren Pflanzen und ihren Tieren. Sie scheiden die Grenzen der Zeit und des Raumes und zeigen uns wie in einem Spiegel die Dinge, die sind, und die Dinge, die nicht sind, die kein Auge je gesehen, kein Ohr je gehört hat. Mit ihrer Hilfe nähern wir uns dem Geist des Menschen und sprechen mit jedem, der lebt, und mit allen, die nicht mehr leben. Wie schon Seneca schrieb: ›Ein Leben ohne Bücher ist der Tod in einem stillen Grab.‹ Also ist die Beschäftigung mit den Büchern das Leben des Menschen.‹

Odysseus Riggenbach-Riggenbach lebte also zufrieden mit seinen Büchern, und doch, so war es nun mal, vermisste er eines Tages ein Bild dieser Welt. Kehren wir also zu den Geschehnissen des bewussten Tages zurück.

Er hatte einem Maler den Auftrag gegeben, ein Bild zu malen, ein Bild, das man zwischen seine Bücher hängen konnte, ein etwas seltsamer Gedanke – ein Bild ist ein Bild, ein Buch ist ein Buch. Museum und Bibliothek sind sehr verschiedene Wallfahrtsorte mit äußerst unterschiedlichen Göttern.

Aber wenn man mit sich selbst verwandt ist, genießt man die Vorrechte einer distinguierten Verschrobenheit, die einen in dieser Stadt ohne königlichen Ritterschlag adelte, ja überhaupt erst zum respektierten Bürger machte, zumal er an der Fasnacht gerne als ›Alti Dante‹ auftrat. Es kam der Tag, an dem Odysseus Riggenbach-Riggenbach ›fain angelegt‹, wie man hier sagt, seine Bibliothek verließ, um das Bild im Atelier des Malers zum ersten Mal zu besichtigen.

Er fand den Maler in demütiger Haltung vor dem Bild, einem Ölgemälde, das aus einem senkrechten schwarzen Strich auf weißem Grund bestand. Langes Schweigen, das bei Odysseus Riggenbach-Riggenbach sichtbar in ratlose Verwunderung überging. Denn auch nach längerer Betrachtung aus verschiedenen Entfernungen und Blickwinkeln bei wechselndem Lichteinfall blieb da nur das Rätsel einer Ikone.

›Ein Sprachbild‹, sagte der Maler mit bescheidener Geste und wartete auf die Bewunderung des berühmten Privatgelehrten. Doch dessen Begeisterung blieb aus. Auf seinem Gesicht zeichnete sich eine Frage ab, die wahrscheinlich, es sah ganz danach aus, mit dem Wort ›irgendwie‹ anfangen würde. Der Maler kannte dieses Wort und setzte zu seinem Verkaufsmonolog an: ›Das Schweigen des Kenners. Respekt, Respekt. Ihre Reaktion ist bewundernswert. Alles sehr fein beobachtet. Sie haben recht, es ist das Alif. Ein heiliges Zeichen. Es steht für den Anfang aller Dinge, für den Atem Gottes vor der Erschaffung der Welt, für den Schrei des Menschen bei der Geburt, für den Ruf des Moses auf dem Berge Sinai. Es ist der erste Buchstabe der alten arabischen Schrift, nur ein langer senkrechter Strich. So wie alle Menschen von Adam abstammen, so haben sich alle Buchstaben aus dem Alif entwickelt. Das ideale Bild für Ihre Bibliothek. Und, Ihnen sei es gesagt, es ist das mystische Zeichen der Unwissenden. Denn alles Wissen der Welt ist nichts im Vergleich zum Wissen der Unwissenden.‹

Odysseus schloss verwirrt die Augen und hätte sich auch am liebsten die Ohren zugehalten, diese Sirenenklänge wollte er nicht hören, leider gab es keinen Mast, an dem er sich festbinden konnte. Der Maler ging wie gewohnt zu einem tröstlichen Singsang über: ›Wie schreibt schon Sultan Bahu: ›Diejenigen, die den Buchstaben Alif finden, brauchen das Buch zum Lesen nicht zu öffnen.‹ Auch Bullhe Shah schreibt: ›Hör auf mit der Gelehrsamkeit, o Freund. Du brauchst nur ein Alif zum Heil. Lies den ersten Buchstaben und sei frei.‹ Und Abdul Latif sagt: ›Lies den Buchstaben Alif, vergiss alle übrigen Seiten, schau auf dein Herz, wie lange kannst du noch Seite um Seite lesen.‹ Odysseus Riggenbach-Riggenbach stammelte noch: ›Das isch kai amächeligs Bhaltis‹, dann sah er nichts mehr.

Seine Beerdigung fand nach einer feierlichen Abdankung in der Kathedrale unter großer Anteilnahme in der Familiengruft statt. Dort hatte er zu Lebzeiten eine kleine Handbibliothek eingerichtet, denn, so sagte er den Glaubensgewissen, man kann nie wissen.

Die Geschichte aber missachtete den Tod, sie begann zu leben und hörte nicht auf zu leben und wurde allen Lebenden immer weitererzählt. Und wenn nachts unerklärliche Geräusche aus der Gruft drangen, sagten die, die ihn kannten, Odysseus reist wieder in seinen Büchern um die Welt.

Das Bild wurde zum Heiligtum einer Loge, die sich ›Die Unwissenden‹ nannte, sich in abgedunkelten Räumen ohne jedes Buch in einem tiefen Schweigen vor dem Alif versammelte. Nur der Vorsteher durfte eine Geschichte aus dem Gedächtnis erzählen, auf keinen Fall durfte sie niedergeschrieben werden. Nach Jahren des Schweigens hatte die Loge das Bedürfnis, im Widerspruch zu ihren Prinzipien der Welt das Leben im Unwissen zu erklären, man gab daher schweren Herzens und mit vielen Bedenken ein Buch über das Unwissen heraus, allerdings nannte man es auf Anraten des Verlegers ›Das Buch der Weisen‹.

Der Stadtmaler

Der akademische Maler Andrea Cratander, von allen nur der Stadtmaler genannt, ein inoffizieller Titel, der dem in dynastischen Ländern gebräuchlichen ›königlichen Hofmaler‹ entsprach, war ein vergnügter älterer Herr mit einer Baskenmütze, einer Pfeife im Mund und einem ausgebeulten Malerkittel mit vielen Taschen voller Farbtuben, Pinsel, Putzlappen, Tabak und Terpentin. Er lebte von den ausgiebigen Nachtessen der wohlhabenden und kunstsinnigen Bürger der Stadt, Nachtessen, die im Prinzip sein Honorar darstellten, denn die Bürger genierten sich, ›der Kunst Geld anzubieten‹, wie die allgemein anerkannte Ausrede lautete. Sie boten daher ein Nachtessen und gelegentlich eine Extraflasche Wein auf den Heimweg als Honorar für die zahlreichen Porträts, Brustbilder und Standbilder all der ehrbaren Kaufleute, mäzenatischen Bankiers und philanthropischen Privatiers, die er mitsamt ihren Frauen und Kindern malte. Der Mann auf seinem Sessel thronend, die Frau hinter ihrem Mann stehend, die Hände vertrauensvoll und zugleich schützend auf seine Schultern gelegt, die Kinder neben dem Schaukelpferd.

Es war bekannt, dass er nur ein durchschnittlicher Maler war – ihm war es auch bekannt –, aber so kannte man sich nun mal, erkannte sich auch auf den Bildern, womit auch der Maler zufrieden war. Er diskutierte nicht groß über das Besondere und Allgemeine der Kunst, über Ästhetik und Perspektive, er war zivilisiert, wie man von ihm sagte.

Angenehm war auch, dass er die Personen wesentlich jünger malte, als sie in Wirklichkeit waren, was sowohl von den Männern wie auch von den Frauen außerordentlich geschätzt wurde. Fünfzigjährige saßen da als Dreißigjährige, Dreißigjährige waren nur zwanzig. Das Bild altert, das genügt, die Menschen sollen jung bleiben, so seine allseits geschätzte Begründung: ›Der Mensch wünscht sich ewige Jugend. Das Leben erfüllt ihm diesen Wunsch nicht. Doch die Kunst erfüllt gerne Wünsche.‹ Er hatte da kein schlechtes Gewissen. Er nannte das ›naiven Realismus‹. ›Ich male die Menschen gerne schön. Was ist schlimm daran? Was soll der verbitterte Kampf um die Wahrheit der Kunst? Die Welt ist sowieso nur eine Vorstellung in den Köpfen der Menschen. Die Welt, das Leben und alles, was da so herum ist, jeder sieht es anders.‹

Hingen diese Bilder dann im Salon, sahen die Menschen darauf seltsam klein und erstarrt und unwichtig aus, als wären sie nur eine Laune der Natur, mehr nicht. Das war doch irritierend. Er antwortete meist: ›Die Augen eines Malers sehen die Welt nicht so wie ein Vermessungsbeamter.‹ Wenn die Menschen sich größer sähen, sei das nur die Schuld der Dichter, sehr fragwürdige Gestalten, die mit ihren Geschichten den Menschen eine Personalität und Identität zuschrieben, die sie in ihrem Leben niemals hätten. Das sei die Schuld der großen Worte. Der Maler könne damit nichts anfangen. Käme morgen ein Erdbeben, wären alle in der Stadt tot, und keiner würde mehr von ihnen reden. Die Natur blühe aber weiter und verschlucke sogar die Stadt. Also sei sie größer.

Es gab Zeiten, da verschwand er einfach in der Dunkelheit der minderen Stadt, die von den Mehrbesseren, wie man die Wohlhabenden hier der Einfachheit halber nannte, nicht besucht wurde. Man hörte von ihm aus einzelnen verrufenen Kneipen, wo er sich laut mit Caravaggio unterhielt, Raffael beneidete, sich mit Michelangelo anlegte. Er warf die Gläser an die Wand, trank nur noch aus der Flasche, landete dann meistens im Stadtgefängnis, wo er in der Nacht in brutaler Stilistik seine Zelle ausmalte. Interessante Bilder von einiger Genialität, wie der Gefängnisdirektor sich ausdrückte, die aber zum Leidwesen mancher Sammler wegen ihrer ausufernden sexuellen Phantasien immer wieder weiß übertüncht wurden.

Am nächsten Tag, vor der Staffelei in einem Salon stehend, eine Dame oder einen Herrn mit leicht zugekniffenem Auge fixierend, wurde er dezent ermahnt: ›Heute aber wieder zivilisiert. Sie verstehen.‹ Er verbeugte sich, sagte: ›Ich verstehe. Zivilisiert‹, und war wieder ganz der bürgerliche Stadtmaler.

Sein Ruf als Fälscher war exzellent. Man konnte ihm jedes Bild anvertrauen, seine Kopie war genauso echt wie das Original. So fälschte er gerne für besitzende Leute die Bilder der Armut – Bauern auf dem Feld, Arbeiter in einer Manufaktur. Es gab sehr wenige Bilder der Armut, die Preise waren daher hoch, Angebot und

Nachfrage, da musste er dann nachhelfen. So kamen viele Vermögende sehr preiswert zu Bildern der Armut für ihren Salon, Bilder, die man in jeder Hinsicht doppelt schätzen durfte.

Als der Kunstkritiker der Stadtzeitung ihm vorwarf, er verfälsche die Wahrheit, malte der Stadtmaler als Antwort ein zerfallenes Puzzle, das ein zerfallenes Puzzle zeigte, auf dem ein zerfallenes Puzzle zu sehen war. ›Da haben Sie Ihre Wahrheit. Das ist die Welt. Bruchstücke eines Mosaiks. Fragmente eines Fragments. Ein Puzzle in seinen Teilen. Zusammengesetzt ist es immer das eine einzige vorgegebene Bild. Ein äußerst unbefriedigender Zustand. Wenn es Ihnen gelingen sollte, aus den Teilen ein anderes, ein neues Bild zusammenzusetzen, male ich Ihnen auch Ihre Wahrheit der Welt. Einstweilen halte ich mich an das Vorgegebene. Alte Bilder. Alte Geschichten. Der Garten Eden. Das Paradies. Schattenspendende Bäume, Büsche ohne Dornen, duftende Blumen, Bäche und Flüsse aus Milch und Honig. Alles nachzulesen in den alten Büchern.‹ Er frage sich nur, was zuerst da war, das Bild oder die Geschichte davon. Denn es sei nicht unwichtig, ob die Menschen sich ein Bild aus einer Geschichte gemacht hätten oder ob sie die Geschichte aus einem Bild herleiteten.

Ungemalte Bilder
Ungeschriebene Geschichten

Die Stadt neigt sich zur Sonne, die Sterne verblassen, die Welt erwacht aus der Unschuld des Schlafs, aus dem beruhigten Gewissen abendlicher Worte, dass im Schlaf keine Sünde sei.

Der Monolith der Nacht, eine schwarze Masse, erhält erste Konturen im Licht des neuen Tages, das Dächer und Häuser erfasst, sie in die Straßen und Plätze einer Stadt verwandelt, in einen vermessenen Raum, der einen Namen hat.

In der dunklen Stille dämmern Träumer in die Welt der Gedanken, verordnen sich die Pflichten des Tages mit den Worten des frühen Morgens, die besagen, dass sich regen Segen bringt.

Ein einsamer Vogelschrei, eine ferne Glocke, der Ruf eines Fischers, das Rumpeln eines Karrens, die Hufe eines Pferdes auf dem Pflaster. Laute Hammerschläge jagen die Vögel, die auf den Dächern schliefen, flüchtend auseinander. Die aufkommende Helligkeit vertreibt die Schatten, leuchtet in die dunklen Ecken, alles ist sichtbar, alles liegt zu Tag.

Die Menschen folgen wieder den Uhren, die sie, gleichgültig tickend, durch den unterteilten Tag führen, mit kreisenden Zeigern und immer gleichen Ziffern zur nächsten Nacht, zum nächsten Tag und wieder zur nächsten Nacht, durch eine geregelte Welt, nur unterbrochen von den Träumen der Nacht, vom überraschenden Unglück und unerwarteten Tod.

Der Fluss brennt in der Sonne. Das Hämmern kommt vom Fluss, legt sich auf die Stadt, schlägt in den Ohren, laut und unüberhörbar wie ein Herzschlag. Auf der Brücke stehen Menschen, auf dem Fluss schwimmt eine Insel aus Holz mit einer Hütte aus Holz, da wohne ich gut, da liege ich fein, da schaue ich in den Himmel hinein. Gebrabbel in den Gassen, laute Rufe, großes Wehgeschrei, am besten, man schaut nicht hin, kümmert sich um nichts, tut sein Tagewerk, was hört man nicht alles von der Pest, von vergifteten Brunnen, die Schulden sind hoch und der Zins ist noch höher, Gott ist allmächtig, betet ihr Frommen, betet.

Ein Stampfen auf der Insel, ein Tanz auf dem Holz, der Gesang der Toten, denn die Insel brennt, und die Menschen brennen, ein ungehörtes Kaddisch zu einem nicht vorhandenen Gott. Alles liegt zu Tag.

Der Rauch verfängt sich in den Gassen der Stadt, legt sich auf die Häuser, wartet auf die Dämmerung, um sich wegzuschleichen. Sturm zieht heulend über die Dächer, zerfetzt die Wolken, bewegt die Glocken, ein seltsames Schlagen in der schwarzen Finsternis. Vögel irren durch die Nacht, stumme Schatten über der Stadt, die dunklen Wälder rücken vor die Mauern, Dächer und Türme werden im Mondlicht zu einem steilen Gebirge. Nur der Fluss fließt rauschend durch diesen Albtraum, schwemmt das verbrannte Holz weg, das an die Boote und Fähren schlägt, sich ans Ufer klammert, weitertreibt in das Land der vergessenen Geschichten.

Die Zeit ist kurz, die Zeit ist lang, kurz, wenn man dem Neuen zujauchzt, lang, wenn man dem Alten nachtrauert. Die Zeit kreist im Labyrinth der Gegenwart, keiner kennt den Ausgang in die Zukunft, der Eingang in die Vergangenheit ist vergessen. Das Paradies ist verloren, die Suche danach längst aufgegeben, Tage und Nächte der Gleichgültigkeit enden im Zorn auf das verlorene Leben.

Ein neuer Tag, unschuldig im Morgentau, frisch in der aufsteigenden Sonne, wird zur dumpfen gedankenlosen Mittagshitze, das Wasser des Flusses verdampft, die Straßen erglühen, die Stadt ist ein Feuerofen, der jeden Ungläubigen verbrennt und in die Hölle schickt.

Bilder fliegen aus Häusern, Kirchen und Museen auf die Straße, geifernde Menschen werfen sie auf brennende Scheiterhaufen, Rahmen brennen, Leinwände zucken im Feuersturm wie zerrissene Segel, die Farben schmelzen und tropfen heiß auf das Pflaster. Eine unerträgliche Hitze erfasst die Menschen, das Feuer lodert auch in ihnen, und sie verbrennen freudig und mit Gesängen die Bilder von Jahrhunderten, verbrennen mit frommen Liedern auf den Lippen den falschen Glauben der anderen, bringen ein Feueropfer dar an den wahren Glauben, an den wahren Gott, an ihren Gott. Alles liegt zu Tag.

Die Nacht ist warm und flackert hell, das Feuer lodert noch lange. Der Fluss trägt die schwarzen Leinwandreste geduldig durch das Dunkel der Erinnerung in das Vergessen, schwemmt sie ans Ufer der Wiederholung. Ungemalte Bilder, ungeschriebene Geschichten, die in neuen Kleidern wieder flussaufwärts ziehen, von Mund zu Mund treideln, mit neubemalten Segeln vor dem Wind treiben, die nächste Raserei auslösen.

Jahre ohne Freude und Lachen, in denen alle in schwarzer Kleidung dem Gebet gehorchend ein nüchternes Leben führen. Das Paradies – wurde es gefunden oder war es in den verbrannten Bildern? Wenigstens war dort etwas zu sehen, was man in den kalten, verdammenden Worten der Prediger, in der ewigen Himmelsergebenheit nicht fand. Und so mancher schlich sich wieder in abgedunkelte Räume zu den Bildersammlern, die vor den geretteten Bildern saßen und ihre Geschichten neu deuteten, um sie für die kommenden Generationen aufzubewahren.

An einem kalten Wintertag, der Fluss ist zugefroren, die Straßen sind voll Schnee, fliegen Bücher aus den Häusern, Klöstern, Bibliotheken, werden von johlenden, lärmenden Menschen zu den Scheiterhaufen getragen, ergeben ein lustiges Feuer und ein hochlebendes Fest. Die Gedanken sind frei, sie fliegen davon, verlassen die Stadt, die nur ihr Geld zählen will, unbehelligt von den Fragen in den Büchern, unbehelligt von den störenden Erzählungen, die von einer anderen Wirklichkeit berichten, denn was wirklich ist, bestimmen jetzt Auserwählte und nicht die Narren mit ihren Büchern. Der Schnee schmilzt um die Feuer, die Straßen vereisen, die Seiten der Bücher krümmen sich unter den Flammen, blättern sich ein letztes Mal auf, Seite um Seite sieht man die jahrhundertealten Erkenntnisse der Menschen in schöner Schrift, sieht zu, wie ihr Wissen und ihre Erzählungen verbrennen, verkohlen, verrußen. Alles liegt zu Tag. Die Asche treibt in dunklen Staubwolken durch die Straßen, wirbelt hoch auf die Dächer, hüllt die Stadt in eine seltsame Dunkelheit. Der Regen schwemmt die verbrannten Seiten hinweg, Sturzbäche ergießen sich in den Fluss, der es gewohnt ist, die jeweiligen Glaubensreste der Menschen wegzuspülen, er weiß wohin, er kennt sich da aus.

Früh kommt die Nacht mit all ihrer Gnade und tröstet die Menschen mit dem Schlaf der Unwissenheit.

In kleinen Kammern restaurieren verschwiegene Menschen verkohlte Bücher, hastig unter Lebensgefahr aus dem Feuer gezogen, um sie aufzuheben für eine andere Zeit, immer wieder neu studiert von den Nachdenkenden, den Wissenden, den Lesenden, die nicht glauben müssen, weil sie die Möglichkeiten einer anderen Wirklichkeit vor Augen haben. Denn die Welt besteht aus Geschichten, die sich aus Geschichten ergeben, und diese Geschichten müssen ununterbrochen erzählt werden, sonst besteht die Welt nicht mehr. Obwohl die vielen ständig variierten und neu konfigurierten Bruchstücke all der Erzählungen bei manchem Leser die Frage auslösten, welche Geschichte von der Welt nun die richtige sei. Über diese Frage wurden viele neue Bücher geschrieben.

Und so ist auch zu erzählen, getreu nach den Chroniken der Stadt, von einer Nacht des Hochwassers, angezogen durch einen kalten Mond, und einem Tag des Feuers, entzündet durch die hochstehende Sonne, an denen die

Bürger, ihr Leben einsetzend und nicht auf ihren Besitz achtend, die wertvollen Bücher und Bilder der Stadt, Hand in Hand arbeitend, vor dem Hochwasser und dem Feuer retteten.

Tagelang saßen sie in notdürftigen Unterkünften auf den Büchern und zwischen den Bildern, lebten mit ihnen und ihren Geschichten, erzählten sich die Welt neu und waren paradiesisch glücklich, so viel Schönes und Intelligentes vor der Vernichtung gerettet zu haben. Denn die Bücher und die Bilder bedeuteten ihnen zu der Zeit alles, und später sagten alle immer wieder: ›Das war eine gute Zeit‹, und trugen es in Goldschrift in die Annalen der Stadt ein, ein würdiges Gedenken an eine bemerkenswerte Zeit, denn der Glauben und die Weltsicht wechseln schnell, wie wir in der Chronik lesen können.

Junges buntes Volk tanzt an einem hellen Tag um den heimlich in der Nacht errichteten Maibaum. Wieder eine neue Zeit, eine neue Welt, ein neuer Glauben und neue Ansichten – Revolution. Das Paradies auf Erden und Zuckererbsen für jeden. Abwarten, es kommen auch wieder andere Zeiten, sagen die missmutigen Alten, deren Glauben sich verliert, sich als Aberglauben auflöst im Lachen der Jungen. Denn die Zeiten kommen und gehen, und heute und jetzt ist schnell vorbei, und die Welt sieht bald wieder anders aus. ›Früher‹ sagen sie, weil sie ohne das Wort früher gar nicht leben können, aber die Jungen wischen es weg und sagen: ›Wir begründen alles neu, unsere Zeit ist morgen.‹ Aber die Alten sagen: ›Wir warten ruhig auf das Alte, unsere Zeit ist gestern.‹

Der lebendige Tag zählt nicht mehr, wird zur Fata Morgana, in den Köpfen existiert nur das Morgen und das Gestern.

›Ihr werdet sehen‹, sagen die Jungen.

›Ihr werdet sehen‹, sagen die Alten.

Die Chronik der Ereignisse: Bruchstücke von Texten, in die immer erneut Bruchstücke anderer Texte eingeschoben werden. Alles liegt zu Tag. Aber welcher Text ist der richtige? Wie liest man dieses Mosaik? Was hat es zu bedeuten? Wo es doch um die Wahrheit geht. Immer nur die Wahrheit. Welche Wahrheit?

Das Selbstbildnis

Auf der Suche nach dem wahren Bild des Menschen, der Ikone seiner selbst, der Schönheit seiner Jugend, der Weisheit seines Alters, der Fratze seines Hasses und seines Zorns, malte ›der Maler‹, wie ihn alle nur nannten, sein Selbstbildnis. Für etwas anderes gäbe er sich nicht mehr her, schrie er aus seinem Atelierfenster über den Markt. Er war in seinem immer erneuten Beginnen, das Bild aller Bilder zu erschaffen, in einem einzigen Bild der Vollendung nahe zu kommen, das Antlitz des Menschen in einem gültigen Porträt zu fassen, bei seinem annähernd hundertsten Versuch angekommen. Annähernd deshalb, weil all die leichten Bleistiftskizzen und schwarzen Kohleaufrisse, all die klaren Federzeichnungen und luftigen Aquarelle von ihm nicht mitgezählt wurden, sie lagen unbeachtet herum. Öl auf Leinwand war das Glück seiner Besessenheit, Neapelgelb und Rubinrot, tiefblaues Ultramarin und Veroneser Grün, Goldocker, Van-Dyck-Braun und Elfenbeinschwarz.

Er versuchte sich in der Maltechnik der Niederländer, trug auf hellen Kreidegründen lasierend dunkle Farben auf, die durchscheinende Schichten ergaben, modellierte so sein Gesicht aus den Schatten heraus. Er wechselte zum Dreitonsystem der Italiener, eine reine Farbe als ersten Ton, darüber den zweiten Ton aus gleichen Teilen der ersten und dritten Farbe, darüber den dritten Ton aus zwei Teilen der ersten Farbe mit Bleiweiß, so vom

Dunklen ins Helle gelangend. Er arbeitete mit feinsten Pinseln und mit dem groben Spachtel, mischte die Farben auf der Palette und auf der Leinwand, drückte sie aus der Tube auf das entstehende Bild, verteilte die Farbe mit den Händen, kratzte sie wieder ab, hinterließ nur ein Sgraffito seines Gesichts, aß die Farbe, hustete und spuckte sie auf die Farbexplosionen, die das Chaos in seinem Gesicht zeigten, stellte die Bilder auf den Kopf, übergoss sie mit venezianischem Terpentin, zündete sie an, rettete die halbverbrannten Feuerköpfe, traktierte die Leinwand mit einem Messer, schlitzte sie auf, zerschlug den Spannrahmen. Er streckte jedem, der das Atelier betrat, die Zunge heraus, malte in seinem Farbdelirium die herausgestreckte Zunge, schwarz vor Ekel, malte die entsetzt aufgerissenen Augen glühend vor Überarbeitung, drückte seine Hand in die Farben, hinterließ nur die Hand wie ein Steinzeitmensch vor Tausenden Jahren in seiner Felsenhöhle.

Er ging, immer wieder erneut anfangend, zu Ruß und Asche über, zum Braun der Erde, zum Grau der Steine, die er über dem Bild zermahlte, zum dunklen Rot seines Blutes, das aus seinen aufgeschnittenen Armen auf das Bild tropfte. Die Selbstbildnisse glichen immer mehr einem Schlachtfeld nach der Schlacht, einem Stück Erde, aufgewühlt, verkrustet, im Blut erstarrt. Sein Gesicht glich sich seinen Bildern an, so dass die Menschen, die ihm auf der Straße begegneten, schnell auf die andere Seite wechselten.

Nachdem er an die hundert Selbstbildnisse gemalt hatte, um das wahre Bild des Menschen zu erkennen, stellte er fest, dass er ebenso viele verschiedene Gesichter gemalt hatte, die er alle nicht kannte. Unzweifelhaft war das sein Gesicht, aber jedes Mal auch ein Gesicht, das ihm fremd war, das er nicht als sein gültiges Gesicht anerkennen konnte. Die einzige Wahrheit, die ihm blieb, war die, dass ein Mensch offenbar so viele Gesichter in sich trug, dass er sich niemals als die eine unzweifelhafte Person erkennen konnte. Er hatte da gar keine Chance. Die Wahrheit war unergründbar. Das ›Erkenne dich selbst‹ die Weisheit einer Sphinx. Das Wort ›Ich‹ war auf immer die reinste Hochstapelei. Es gab zu viele ›Ichs‹. Welches war das Gültige? Das Bild des Menschen war ein Puzzle aus hundert Selbstbildnissen, das sich nicht zusammenfügte zu dem einen wahren Bild. Als ob man die Wahrheit wie eine Zwiebel schälte und nach jeder Schicht nur alte Bilder und alte Geschichten entdeckte. Bis es keine Wahrheit mehr gab und man nur Bilder und Geschichten vom Menschen hatte, die man glauben konnte oder auch nicht.

Der Maler machte mit dreißig Bildern eine Ausstellung. Die Leute, die sich dort hineintrauten, liefen rasch wieder hinaus, sie konnten diese Decollage des menschlichen Gesichts, die vielen Gesichter des einen Menschen, nicht ertragen, sie hielten den Maler für wahnsinnig. Viele liefen zum Illusionsmaler der Stadt, der ihnen das schöne und gute Bild, das doch alle kannten, noch einmal schenkte, Öl auf Leinwand auch hier, das gerngesehene harmonische Porträt, Gottes Ebenbild, wie man so sagt, damit man den Schreck der Ausstellung vergessen konnte. Man hängte die Bilder an die Wand. Man hatte sich wieder.

Der Maler lag an einem schönen Tag im Fluss, mit einem stillen Lächeln im Gesicht, so ruhig und friedlich hatte man ihn zu Lebzeiten nie gesehen.

Nicodemus Engelein
oder
Die Neuentdeckung der Welt

Nicodemus Engelein, Restaurator alter Gemälde, die man, beschädigt oder schlecht erhalten, in sein Atelier im obersten Stock eines alten Hauses in der Vorstadt brachte, war nicht nur Spezialist für die Farbmischungen der alten Meister, die er in einer alchemistischen Intuition nachmischte, er war vor allem Kenner der Perspektive in der Malerei, sah sofort alle Variationen und Spielarten, um die Welt auf eine Leinwand oder ein Stück Holz zu bannen. Er liebte die verschiedenartigen Darstellungen, die wechselnden Perspektiven, die das Gesehene immer wieder anders gestalteten. Ein Blick auf die Bilder an seinen Wänden mit den unterschiedlichsten Ansichten von der Welt und vom Menschen glich einer Reise durch die Jahrhunderte. Die vielen Landschaften, Veduten und Porträts wurden für ihn zu einem einzigen Bild, das sich wie ein Kaleidoskop immer wieder neu zusammensetzte. So lebte er zeit- und ortlos im Inneren eines Mosaiks aus Kunstwerken, die Welt war nur noch eine ferne Erinnerung.

Gelegentlich versuchte er sich als Kopist, um sich ein besonders geliebtes Werk anzueignen, war aber, trotz oder wegen seiner umfassenden Kenntnisse in der Malerei, nie mit dem Ergebnis zufrieden. Wie oft erlebt man, dass die größten Kenner und Liebhaber der Kunst bei aller Bemühung kein eigenes Werk zustande bringen, ein Schmerz, der nie nachlässt.

Aber die Kunst bildet ihre Liebhaber. Der Kenner der Perspektive erkannte auch die Fehler der Maler, wobei er zu einer die Welt verändernden, ja revolutionierenden Erkenntnis kam, die er aber sicherheitshalber – er war kein Heilsprediger – für sich behielt. Er sah, dass die in der Renaissance als Triumph der Malerei neu eingeführte Kunst der Zentralperspektive, das Fundament aller Erkenntnisse der neu entdeckten Welt, nichts als ein Trompe-l'œil war, eine Augentäuschung, eine mathematisch zu definierende Illusion, identisch mit den Ideen der Bankiers und Kaufleute, die die Welt des Menschen, in Zahlen aufgelöst, in ihren Büchern führten. Als ihm das bewusst wurde, fiel er für Tage in ein unerklärbares Fieber, aus dem er mit einer Vision in sein Leben zurückfand.

Die Perspektivisten erschufen zusammen mit den Buchhaltern die von nun an gültige Weltsicht: Alles war an seinem Platz, die Städte, die Straßen, die Häuser, die Felder, die Flüsse und Wälder, exakt auf einem Bild festgehalten, auf einen Blick übersehbar wie in den Büchern der Kaufmannschaft, die Natur als handelbarer Besitz, die Ordnung des Menschen nach Maß, Zahl und Gewicht. Der Mensch war zufrieden, er durfte sagen, hier stehe ich, und das davor auf dem Bild ist meine Welt. Er ließ sich ebenfalls malen, als Besitzer, und sein Porträt hing neben dem Bild seines Besitzes. So viel Ordnung war nie. Keiner musste mehr wie zuvor die Bedeutung eines Bildes für sich enträtseln, weil es eine eigene Welt war oder von einer anderen Welt kündete, jeder konnte nun auf Anhieb seine Welt wiedererkennen, maßstabgerecht, und umgekehrt konnte er danach am Meer stehen oder von einem Berg herabsehen und ausrufen: Wie gemalt.

Verständlich das Fieber des Restaurators, das ihm die Vision einer Perspektive bescherte, die er der bisherigen Welt entgegenstellen konnte. Eine Perspektive, die den Augenblick des Menschen mit einbezog, dazu die vierte Dimension der von den Perspektivisten übersehenen Kugelgestalt der Erde, die fünfte Dimension des Ineinanders von außen und innen, die sechste Dimension der Einheit alles Seienden und die siebte Dimension der Zeit.

Weil die alltäglichen Äußerungen der Menschen, sowohl gegenüber Gewohntem wie auch Neuem, für ihn nur schmerzhafte Pfeile mit Widerhaken waren, die in seinem Gehirn wochenlang festsaßen und ihn an der Arbeit hinderten, war es verständlich, dass er nicht mehr ausging und nur gelegentlich in der Nacht sein Atelier verließ. Er fühlte sich zum ersten Mal in seinem Leben frei und glücklich, seine Freiheit definierte er durch die Abwesenheit der realen und für ihn bedeutungslosen Welt, seine Welt war in seinen Gedanken, das Glück lag in den vielen Perspektiven, mit denen er auf großen Leinwänden eine neue Welt gestaltete.

Alte Kunden, die ihm Bilder zum Restaurieren brachten, fertigte er im Vorraum ab, die eigenen Bilder ließ er keinen sehen, er fürchtete die Steinigung durch die Menschen, die wie immer unnachsichtig auf ihrer Weltsicht, auf ihrem Glauben bestehen würden, und wenn es auch nur eine Steinigung durch Worte war, sie töteten genauso.

Er verachtete inzwischen die zweidimensionalen Bilder, die eine dreidimensionale Welt abbilden wollten, die gewohnte Alltagswelt erschien ihm nur noch eindimensional. Die Menschen standen auf, wenn der Tag kam, gingen in die Manufacturen, Ämter und Comptoirs, öffneten ihre Läden, produzierten und verwalteten, kauften und verkauften. Sie stritten sich um Recht und Billigkeit, um Geld und Preise, um den richtigen Bürgermeister, obwohl kein neues Gesetz, kein neues Geld und kein neuer Bürgermeister den Lauf der Welt veränderte. Kam die Nacht, gingen alle schlafen, und in ihren Träumen sah die Welt fast so aus wie auf den Bildern des Nicodemus Engelein.

Doch der Verfolgung durch die Rechtgläubigen, durch die, die glauben zu glauben, entgeht keiner, der die Welt anders sieht als sie. Sie wissen, was Recht und Gesetz, Wahrheit und Moral und der einzig richtige Standpunkt ist. Und so fand ein Kunde den Restaurator tot zwischen seinen Bildern liegen, erschlagen mit einem Feldstein, die Bilder waren aufgeschlitzt, das Atelier verwüstet.

Nicodemus Engelein wurde in einem Armengrab beerdigt, die Angelegenheit als rätselhaft ins Stadtbuch eingetragen. Ein Kunsthändler übernahm die Bilder, deren

Anblick der Kustos des Museums keinem seiner Besucher zumuten wollte. Auch dem Kunsthändler wurde bei ihrem Anblick schwindlig, er hatte die Hoffnung, irgendein Verrückter sei für diese aufgeschlitzten Farborgien zu begeistern, schließlich sei alles irgendwie und irgendwann an irgendwen zu verkaufen, man müsse Geduld haben. Er bot die Bilder unter dem Etikett ›interessant‹ an, das war sein Verkaufsargument für alles, was er nicht verstand, aber auch das erwies sich als Illusion. Der Kunsthändler engagierte – seine letzte Hoffnung – einen Kunstkritiker, der gegen gute Honorare ansprechende Expertisen schrieb. Der Kunstkritiker befand, der Restaurator Nicodemus Engelein habe in seinen Bildern die Realität verändert, die Bilder zeigten eine verrückte Welt außerhalb der bekannten Welt, da sie alles in Frage stellten, die Tradition der Malerei und die Zivilisation des Menschen. Diese Bilder zeigten den Irr-Sinn der Welt, seien daher der Vernunft des Menschen unzugänglich, möglicherweise aber Kunst.

Der Kunsthändler riskierte mit den Empfehlungen des Kunstkritikers eine Ausstellung, nachts brach ein verwirrter Mensch ein, zündete die Bilder des Nicodemus Engelein an, das Haus geriet in Brand, die Straße, die ganze Vorstadt ging in Flammen auf. Als die geflüchteten Menschen zurückkehrten, fanden sie eine seltsam gefärbte Asche vor, die sich in ganz eigenartigen Strukturen zu einer Höhlenwelt auftürmte. Viele meinten, die verbrannte, zerfallene, zerstörte Welt sehe so aus wie auf den Bildern des Nicodemus Engelein.

Die Weltmaschine oder Die Errichtung des Schlaraffenlandes

Aus dem Tagebuch des Autors

Eine Erinnerung an J. T.: Der Kerl sah aus wie ein aus der Hölle verstoßener Teufel, wirres Haar, Augen wie glühende Kohlen, ein verrußtes Gesicht, Hände voller Wagenschmiere, immer in einem dunklen Overall, in dem er feierte, arbeitete, aß und schlief. Auffallend war ein buntes Seidentüchlein, das er sich lachend jeden Morgen um den Hals band, ehe er in sein Maschinenlabyrinth kletterte und darin verschwand.

Er baue die Weltmaschine, hieß es in der Stadt, ohne dass man sich darunter etwas vorstellen konnte. Die Häuser verschwanden bald unter einem Gerüst aus rostigen Eisenstangen, die babylonisch in den Himmel wuchsen, die Stadttürme und sogar die Kirchtürme überragten, sich ungeordnet in die Höhe, Länge und Breite ausdehnten. Ein Perpetuum mobile aus großen und kleinen Antriebs-, Schwung- und Zahnrädern, aus Treibriemen und Ketten, Federn und Gewichten, die sich gegenseitig aufzogen und die klappernden und ratternden beweglichen Teile der Maschine ganz leicht auf und ab schweben ließen, seitwärts schwenkten, auf den Kopf stellten, ins Wasser tauchten, in schwindelnde Höhen hoben – Spiralen kreisten, Uhren pendelten, Tierschädel drehten sich, Totenköpfe lachten, Skelette tanzten.

Irgendwie war alles mit allem verbunden, bewegte sich, auf der Stelle stehend, in einem komplizierten Ablauf und Neuanfang. Später einmal, so erklärte J. T., werde die Maschine pflügen, säen und ernten, um den Menschen zu ernähren, spinnen und weben, um ihn zu kleiden. Sie wäre dann eine Baumaschine für den Hausbau, eine Bohrmaschine für den Tiefbau, eine Fördermaschine für den Bergbau und eine Zugmaschine für den Verkehr, außerdem Antriebsmaschine für alle angeschlossenen Nebenmaschinen. Immerhin konnte sie jetzt schon einiges, ein Arm schlug mit einem Hammer auf einen Amboss, ein Eimer schöpfte Wasser aus dem Fluss, Sonne und Mond erschienen und verschwanden nach einer ganz eigenen Maschinenzeit, und ein Blitzableiter schützte die Stadt. Die Weltmaschine warf zur Freude der Kinder Bälle in die Luft, spielte Schach, zeichnete abstrakte Bilder, komponierte Fugen, schrieb Gedichte, rechnete Börsenkurse aus und produzierte jeden Abend ein Riesenfeuerwerk. Dieser mit bunten Lämpchen prunkende Illuminator von verwunderlicher, atemberaubender Dimension und eigenartiger Schönheit wurde der neue Gott der Taschendiebe, denn die bewundernd nach oben starrenden Bürger wurden unten ganz irdisch von ihren Uhren und Brieftaschen befreit.

Ohne Zweifel war dies die Eröffnung des neuen Maschinen-Paradieses, in dem der Mensch ohne Arbeit in der Sonne lag und den Tag verschlief, um sich in der Nacht zu vergnügen, denn die Maschine hatte auch einen vollautomatischen Ausschank mit eleganten Tänzerinnen, Puppen, die vierundzwanzig Stunden lang ihre Beine hochwarfen, ihre Arme schwenkten und den neuesten Schlager trällerten. Die Maschine war gleichzeitig Stadt und Natur, man konnte in ihr leben, wohnen und spazieren gehen. In kleinen Zimmerchen konnte man schlafen, auf Förderbändern glitt man an Naturprospekten von eindrücklicher Schönheit vorbei, ein Fahrstuhl erhob einen über die Stadt, auf der Aussichtsplattform hing der Prospekt einer Idealstadt, die, zentralgebaut, sich sternförmig nach allen Seiten ausdehnte. Verräterisch war nur, dass J. T. Sisyphus nicht vergessen hatte, eine Kugel wurde über einen eisernen Steg nach oben geschoben und rollte wieder zurück, nach oben geschoben und rollte wieder zurück, nach oben geschoben und …

Die Maschine wuchs und wuchs, überquerte den Fluss, eine Vorstadt wurde überbaut, Häuser verschwanden, Straßen änderten sich, und J. T. erklärte jedem mit diabolischem Lächeln, das sei nötig, das sei gut so, das sei die neue Welt, die Maschine brauche Platz, man dürfe sie nicht aufhalten.

Auf die Frage, welchen Sinn die Maschine habe, außer dass sie ein närrisches Leben garantiere, antwortete er nach langem Überlegen: Sie hat keinen Sinn.

Und auf die Frage: Wozu dann diese Maschine?, antwortete er: Weil sie da ist.

Und als der Rat der Stadt die Baupläne sehen wollte, antwortete er: Es gibt keine Pläne. Die Maschine baut sich selbst.

Die Begeisterung schwand. Die Bürger wurden rabiat, verlangten die Wiederherstellung ihres traditionellen Lebens, und auch der Kustos des Museums und der Bibliothekar gingen im Namen der alten Bilder und Bücher in Opposition zu den massenhaft hergestellten Maschinenbildern und Maschinengedichten. Der Hauptprediger ordnete in der Kathedrale die Mobilmachung sämtlicher Weihrauchgefäße an, gab Feuer, und unter den Breitseiten aller Orgelregister und der Lufthoheit des Glockengeläuts überzog er die Stadt, um sie zu reinigen, mit einer gewaltigen Weihrauchwolke, deren schwermütiger Duft sich träge auf die Sinne legte – nur noch ein ersticktes Halleluja des Kirchenchors war zu vernehmen. Das letzte siegreiche Gefecht der alten Wahrheiten.

Die Hoffnung auf das Paradies schwand erneut, man fand sich wieder in dem ausweglosen Labyrinth dieser Welt, die aus den Alltagsgeschäften bestand, die schon die Väter und Großväter betrieben hatten und die bald einmal die Söhne übernehmen würden.

Aus Ärger über den Unverstand der Menschen baute J.T. in seine Maschine einen Selbstzerstörungsmechanismus ein, der die Maschine am Himmelfahrtstag in die Luft jagte. Es regnete tagelang Eisenstangen und Räder, die die Dächer zerschlugen. Die Utopie hatte sich als Fata Morgana erwiesen, es wurde wieder still in der Stadt, und alle vermissten das Getöse der Maschine, das sie Tag und Nacht begleitet hatte.

Die Zeit ist eine Erzählung

Ein Kapitel, in dem der Autor die Geschichte korrigiert

Die Zeit, die schon vor der Zeit da war, von Anbeginn an da war, lange bevor es das Weltall gab, lange bevor es Leben gab, die in sich kreisende Zeit ohne Anfang und ohne Ende, das Nichts, aus dem das Chaos entstand, das in der Dunkelheit Tag und Nacht und die Erde zeugte. Die Erde, die die Gebirge und das Meer und den sternengekrönten Himmel zeugte, den sie so groß machte, dass er sie ganz bedeckte.

Und Erde und Himmel zeugten Mnemosyne, die Göttin des Gedächtnisses. Mit ihr begann die Erinnerung des Menschen. Sie gab jedem Ding auf Erden seinen Namen, schuf damit das System einer verstehbaren Welt und ermöglichte es so dem Menschen, die Welt zu begreifen. So weit der Mythos.

Hier bedarf es doch einiger ordnender Worte durch den Autor, was ihm durch diesen Mythos leichtgemacht wird, denn Mnemosyne erfand auch die Kunst, eine Geschichte mit einem kurzen und doch vernünftigen Schluss zu beenden, so der Mythos, der die komplizierten Weltläufte nach Ansicht des Autors allzu einfach darstellt.

Die Irrwege des Menschen bei der Entdeckung, Erkundung und Gestaltung seiner Welt glichen in ihren immer neuen Anläufen aus Hoffnung, Resignation und

Vergeblichkeit eher einem Perpetuum mobile. Wenige sahen die Dinge so klar wie König Salomon, der seinem Schreiber diktierte:

– Alles ist eitel und Haschen nach Wind.
– Was hat der Mensch von seiner Mühe?
– Ein Geschlecht vergeht, das andere kommt.
– Die Sonne geht auf und geht wieder unter.
– Die Sterne erstrahlen und verblassen.
– Der Wind kehrt immer zurück zu seinem Anfang.
– Die Wasser fließen immer zurück zu ihrer Quelle.
– Was geschah, das geschieht wieder.
– Was man getan hat, wird man wieder tun.
– Es geschieht nichts Neues unter der Sonne.

Und was erzählt wird, wird wieder erzählt werden, fügt der Autor noch hinzu und sagt: Beginnen wir also noch einmal. Alles auf Anfang. Noch einmal die Geburt der Zeit in der Zeitlosigkeit der erzählten Zeit.

Die Zeit, die die Gesetze der Natur und des Lebens bestimmte, die Bahn der Sterne und den Lauf von Sonne und Mond, vom Menschen entdeckt in den stetigen und endlos wiederholten Abläufen des Lebens, bei Geburt und Tod, Jugend und Alter, entdeckt im Wechsel der Jahreszeiten mit Wärme und Kälte, Blatt und Blüte, im symmetrischen Vogelflug und der Wanderung der Fischschwärme, die Zeit, die jetzt die Erinnerung des Menschen war, die einen Namen hatte und Gedächtnisbilder hinterließ, die in Fels und Lehm geritzt, auf Holz und Ton gemalt, in lange Ketten geknüpft, auf immer eingeprägt wurde, als Geschichten, die zu erzählen waren.

Die unendliche, stets sich erinnernde Zeit verschwand in der raschen vorwärtsdrängenden Zeit des Menschen mit seinen schnell wechselnden Gesetzen, die seine Ordnung, sein Tun und Lassen in eine ewig währende wahrhaftige Gültigkeit umschmelzen sollten, so wie man aus unreinem Erz den reinen Klang einer Glocke gewinnt. Doch man vergaß die Gesetze ebenso schnell, wie sie entstanden waren, vergaß mit ihnen auch die Zeit, die sie hervorgebracht hatte, wie man überhaupt schnell seine Geschichte vergaß, damit die Erinnerung an das Erfahrene verlor und in der sich schnell ändernden Welt stets auf der Suche nach neuen Irrtümern war, die man für die Wahrheit hielt – Narrenpossen riefen die einen, die neue Zeit, riefen die anderen.

Man verlor sich schnell im Ablauf der neuen Zeiten, die immer Ewigkeit versprachen, sich aber recht bald unverstanden von den Menschen verabschiedeten. Die Irrtümer blieben zurück, Ratlosigkeit griff um sich, beherrschte die Köpfe der Menschen. Man wandte sich von den Büchern und Bildern ab, fragte mal wieder nach Gott, suchte den Allmächtigen und Allgewaltigen. Alles schien plötzlich so unübersichtlich, das Puzzle, das sich Welt nannte, zerbrach in Einzelteile, die nicht zusammengehörten. Wo war der Sinn dieses Lebens, die Idee dieser Welt, dieser so großartigen Zivilisation, auf die man doch stolz war? Man hatte sich mal wieder im selbstgebauten Labyrinth verirrt. Die Kunst erwies sich als wenig hilfreich. Die einfachen Harmonien der Töne lösten sich auf in schwierigen Disharmonien. Die Maler malten die Stadt in kubischen Verschachtelungen oder so expressiv, dass die alten Häuser mit ihren Dächern davonflogen. Menschen nahmen ihre Larven ab, zeigten sich vieläugig und vielzüngig im Kostüm ihrer Versprechungen. Die Dichter warfen ihre Verse in die Luft, entfesselten damit einen babylonischen Streit der Worte, die ihre alte Bedeutung verloren hatten.

Man hatte alles ausprobiert, die Welt in wechselnder Perspektive gemalt, die Worte auf den Kopf gestellt. Auch das Theater hatte alles dargestellt und spielte nur noch sich selbst. Die Sänger probten das Schweigen, die Schauspieler wurden nach der Vorstellung erschossen, Kostüme und Kulisse verbrannt, das Theater angezündet. Viele bejohlten diese Konsequenz. Das Chaos wurde intellektuell beglaubigt. Und alle hofften auf eine Wiedergeburt.

Die Maler standen wieder in den Katakomben vor den Bildern der Höhlenmenschen, denn, so das Credo, ein Bild entsteht immer nur aus einem anderen Bild. Die Dichter schrieben das ABC in Hieroglyphen, denn auch hier galt, ein Buch entsteht nur aus einem anderen Buch.

Nur der Fluss zog, Unverständliches flüsternd, seine Bahn, war da wie immer in allen Tagen und Nächten, kümmerte sich nicht um die Zeit, floss unter der Brücke durch und stellte sich unwissend.

Und eine Stimme erzählte im Dunkel das Märchen vom Paradies und siehe, es war tröstlich. Eine andere Stimme erzählte die Geschichte der Arche Noah, und sie war hilfreich. Und wieder eine andere Stimme verkündete von einem hohen Berg das neue Gesetz, das das alte war.

Und die vielen Märchen von der Erschaffung der Welt wurden vielstimmig erzählt und von allen gerne gehört, weil sie vom Anfang erzählten.

Und so entstand wieder ein neuer Anfang, in der Hoffnung der alten Geschichten, die lange vor den Menschen da waren. Man durfte wieder aufs Neue beginnen. Man durfte wieder ein neues Labyrinth erbauen.

Der Jahrmarkt der Geschichten

Seit Jahrhunderten fand zu gleicher Zeit am gleichen Platz der Jahrmarkt statt, der die Stadt vom Sommer in den Winter führte. Hier wurde Brauchbares wie Töpfe, Krüge, Körbe, gestrickte Socken und lange Unterhosen, aber auch Gefreutes wie Gewürze und bemaltes Geschirr, Honigkuchen, Magenbrot und gezuckerte Nüsse und sogar Luxuriöses wie ein hochgeknöpftes Wams, ein seidener Unterrock oder ein verwegener Hut gegen den Lohn der vergangenen zwölf Monate eingetauscht.

Eine unvergessliche Woche in einem wirbelnden Durcheinander, das man später, in stillen Tagen wiederauferstehen ließ und, unter dem mitgebrachten Scherenschnitt des eigenen Porträts sitzend, vielfach ausgeschmückt weitererzählen konnte. Die gekauften Dinge waren längst vergessen, von dieser turbulenten Woche blieben nur die unzähligen Geschichten, die man dort erstaunt vernahm.

Hinter dem Eingang ertönte immer schon die mächtige Stimme der Moritatensängerin, die im tiefsten Bass die geschehenen Unglücke schilderte, damit das Glück der Zuhörer auch an diesem Tag nicht vollkommen sei. Breit stand sie, eine kräftige Frau, auf einem Podest vor ihrer grellen Bilderwand, die den Worten die nötige Farbigkeit gaben, ein jeder konnte so das Elend dieser Welt sehen, als Hölle gemalt und in lapidaren Worten dargestellt, denn ein jeder sollte hier die Wahrheit erfahren.

›Weltuntergang!‹, dröhnte sie in dunklen Orgeltönen. Weltuntergang!, schrien die Farben. Ein Komet mit einem Feuerschweif. Die brennende Erde! Kochende Flüsse! Glühende Berge!

Weltuntergang! Die schrecklichste Sonnenfinsternis aller Zeiten! Die Welt im Dunkeln! Menschen verirrten sich! Fliegende Dinosaurier! Giftige Raupen! Weiße Lemuren! Gott erbarme sich unser! Das Bild war ein reines Schwarz.

Sie zeigte auf ein weißes Bild. Weltuntergang! Ein Jahr Eis und Schnee! Die Erde versteinerte. Die Flüsse froren zu! Mensch und Vieh verhungerte! Danach eine solche Hitze, dass Mensch und Vieh das Blut in den Adern kochte! Gott erhöre unser Flehen!

Weltuntergang! Sie zeigte auf die Ruinen einer Geisterstadt. Das größte Erdbeben seit Adam und Eva! Die schönste Stadt der Welt vernichtet! Noch heute hausen die Menschen in Höhlen! Nur wenige wurden aus den Trümmern gerettet! Ein Gotteszeichen! Herr, vergib uns unsere Sünden!

Betet, schrie der verhungert aussehende Prediger mit seiner asketischen Diskantstimme, betet, die schrille Fanfare fuhr über die Menschen, die zwischen Kartoffelsäcken, Unterhosen und Zwiebeln standen. Betet, schrie der Prediger erneut, fiel auf seinem mit schwarzem Tuch ausgeschlagenen Podest auf die Knie und hob ein Holzkreuz zum Himmel. Betet, flüsterte er in vollendeter Demutshaltung und schlug sich das Kreuz gegen die Stirn, bis sie blutete, wobei sein kühler Blick zählte, ob inzwischen genug Leute vor seinem Podest standen.

War die Menge groß genug, breitete er andächtig vom Papst gesegnete Amulette und Rosenkränze aus, dazu die Knochen verschiedener Heiliger, die alle sehr segensreich waren, und bot sie gegen eine bescheidene Summe zum Kauf an, um das Seelenheil zu retten. Geld nehme er ungern, sagte er, aber die vielen wertvollen Dinge, die das Heil garantierten, seien ein Opfer wert. Und er zog eine Bulle aus der Tasche, die, wie er versicherte, die Wahrheit enthielt, und las die lateinischen Worte dem niederen Volke vor: Codix malorum est cupiditas, was so viel hieß wie: Die Wurzel allen Übels ist die Habgier.

Nun gebe es auch habgierige Prediger, er wisse das, aber er sei ein bescheidener Diener Gottes, man möge ihm das glauben, denn, und hier hob sich seine Stimme wieder: Ich sah ihn, ich sah ihn, ich sah ihn umgeben von sieben goldenen Leuchtern, in einem langen weißen Gewand auf einem goldenen Thron. Sein Haar war weiß wie Schnee, sein Angesicht leuchtete wie die Sonne, und er sprach zu mir: Fürchte dich nicht, ich bin der Erste und der Letzte. Seine Stimme war wie eine Posaune, und er sagte, wer Ohren hat, der höre, wer Augen hat, der sehe, schreibe das auf in ein Buch und predige es, damit alle, die da sehen und hören können, vom Baum des Lebens erfahren, der im Paradiese steht.

Aber nun hörte und sah man den Araber mit dem verführerisch samtenen Märchenton seiner melodiösen Stimme, die wie eine Harfe die schrillen Fanfarentöne unterlief. Angeblich aus Aleppo angereist, aber schon lange in der Stadt lebend, saß er auf einem Teppich mit einer geheimnisvollen, Bild gewordenen Inschrift, labyrinthisch verschlungen in den Farben und Formen, gleichzeitig zu lesen und zu schauen. Vor ihm wundersam duftende Süßigkeiten und Gewürze, Koriander, Rosmarin, Nelken und Korinthen, Rosenöl, Feigen, Datteln und Marzipan, Safran, Zimt, Mandeln und Kümmel, die er mit Geschichten aus Tausendundeine Nacht anbot: O ihr Glückseligen und Einsichtsvollen, ihr Herrlichen und Wissenden, hört, was das große Buch erzählt: Einmal war ein König, der in Ehrfurcht vor der Sonne des Tages und den Sternen der Nacht lebte. Er war gerecht und edel und herrschte weise über die Zeit des Menschen. Nachts ritt er auf seinem weißen Kamel durch die endlose Wüste und sah die Bilder der Sterne, am Tag saß er mit seinen Geschichtenerzählern in den Oasen bei frischem Quellwasser und gerösteten Datteln unter Palmen.

Er wurde in seiner Einfachheit einhundertachtzig Jahre alt und war glücklich. Da hörte er von einem mächtigen König, der tausend Kamele besaß, dazu Festungen und Truppen, ein König, von dem man rühmte, dass er sogar die Wahrheit wisse. Da war die paradiesische Ruhe des alten Königs dahin. Er rief seinen Wesir, ließ eine Karawane ausrüsten und schickte zu dem anderen König, um von ihm die Wahrheit zu erfahren. Aber als der Wesir nach vielen Jahren zurückkam und der alte König an seinen Lippen hing, um nun endgültig die Wahrheit zu erfahren, beschloss Allah in seiner Güte, ihm in diesem Moment sein Leben zu nehmen. Und so haben wir nie die Wahrheit erfahren, denn auch der Wesir starb vor Schreck über den Tod seines alten Königs. Aber ihr habt einstweilen KorianderRosmarin-

NelkenKorinthenRosenölFeigenDattelnMarzipanSafranZimtMandelnKümmel. Lebt in eurer Zeit und genießt eure Zeit.

Weggelockt von diesen Versprechungen eines genussvollen Lebens wurden die Massen aber durch die Verheißung des ewigen Lebens. Geheimnisvoll flüsternd wie eine alte Geige stand ein weißhaariger Mann in einem Kaftan in einer kleinen, magisch erleuchteten Bude vor dem Großsiegel Salomos, einem Hexagramm, und phantasierte mit geschlossenen Augen von einer Tinktur, die, ›so sagt man, aber der Unbenennbare weiß mehr‹, das ewige Leben garantiere.

Der Umsatz war hier größer als bei allen anderen Verkäufern, die Hoffnung auf das Glück mächtiger als die Schilderung des Unglücks und die Erkenntnis einer aussichtslos sündigen Welt. Die Verheißung des ewigen Lebens war sogar verführerischer als das genussvolle Leben, der Sieg über den Tod das höchste Ziel.

Der Alte sprach leise, als zögere er, seine kostbaren Gedanken vor Fremden zu offenbaren. Vor sich hinschaukelnd, fast träumend, erzählte er vom Wasser des ewigen Lebens aus einer Quelle im Königspalast von Persepolis, schönster und edelster Bau seiner Zeit, von dem aus die Herrscher des mächtigsten Reiches der damaligen Welt – größer war nur noch das Firmament über ihnen – viele Völker regierten. Doch dieser Palast wurde von Alexander dem Großen, der nur ein sehr kleiner Alexander war, dem Aristoteles die Logik beigebracht hatte, durch ein Feuer sinnlos zerstört. Woraus man ersehen kann, was menschliche Logik anrichtet.

So wurde die Quelle mit dem Wasser des ewigen Lebens unauffindbar verschüttet, nur wenige Fläschchen sind noch erhalten, leider immer wieder verdünnt, aber doch noch sehr wirksam, und der Alte beugte sich vor und hielt schützend seine Hand über viele kleine alabasterfarbene Fläschchen, die er selbstverständlich nur an gottesfürchtige, ehrbare, charakterfeste Menschen abgebe – er wolle keine Sünder erhalten, der Erhabene soll schützen.

Der Autor dieses Buches, der gerne neben der Bude des Alten steht, um seine Geschichten zu hören, möchte die Leser darauf hinweisen, dass nun eine von der Obrigkeit verbotene Geschichte erzählt wird, man müsse also genau lesen. Der Alte flüsterte noch leiser als vorher, hob sein Haupt, seine Augen sahen in die Ferne, und er begann mit folgenden Worten:

Die Geschichte vom Wunder des Erzählens.

Ein alter Mann war lange gelähmt und lag auf dem Sterbebett, der Sargschreiner vermaß schon die Bretter für seinen Sarg. Die traurige Familie holte den Rabbi, der überlegte und sagte schließlich: ›Erzähle uns doch noch einmal die Geschichte von deinem Tanz, die du früher so gerne erzählt hast‹, und der Alte erzählte, wie er einmal in seiner Jugend Tag und Nacht durchtanzte, das Dorf umtanzte, in die Stadt tanzte, durch das Land tanzte, so dass seine Jugend ein einziger Tanz war, keiner habe so wie er den Krakowiak getanzt, er erzählte, erzählte, erzählte, und plötzlich tanzten seine gelähmten Beine den Krakowiak, und er sprang auf vom Totenbett, schnappte sich seine Frau, zeigte ihr, wie man den Krakowiak tanzt, sprang hin und her und aus dem Haus und tanzte ins Dorf, tanzte um das Dorf, und alles tanzte hinter ihm her, die Jugend tanzte, die Alten tanzten, und alle wussten, er würde am Ende noch mit dem Tod tanzen.

Der Rabbi aber streckte beide Hände zum Himmel und rief: ›Geschichten muss man so erzählen, dass sie einem helfen.‹

Der Autor, ebenfalls flüsternd: Die Obrigkeit erlaubt nur folgenlose Geschichten, Geschichten, die keiner versteht. Deshalb ist diese Geschichte von der Obrigkeit verboten, weil sie einmal die ganze Stadt in einen unaufhörlichen Tanz versetzte. Die Menschen verließen tanzend den Jahrmarkt, Tamboure und Pfeifer gesellten sich dazu, auch die Torwache schloss sich an, und die tanzende Menge schlängelte sich durch die engen Tore hinaus ins Freie. Der Chronist der Stadt tanzte mit und schrieb dabei, um alles gewissenhaft und genau zu überliefern, geriet aber, tanzend, in eine Art früher Hieroglyphen, verlor die Kontrolle über die Schrift, die ein strenges Nacheinander verlangt, das es im Leben, wo alles immer gleichzeitig ist, nicht gibt, verlor die Kontrolle über die geordneten Buchstaben, die zu einer gedachten Ordnung wie Erstens, Zweitens, Drittens neigen, zu einer Unterordnung A und B und C, während man das Leben nur in labyrinthisch ineinander verschlungenen Worten und Bildern festhalten kann. Das aber ist der Tod der Ordnung. Das kann die Obrigkeit nicht zulassen!

Ein Ordnungshüter nähert sich. Der Autor verschwindet.

Den größten Zulauf auf dem Jahrmarkt aber hatte der Astrologe, der mit einem Astrolabium und einem Jakobsstab als Wissenschaftler auftrat, weil die Wissenschaft höher geschätzt wird als alle Märchen dieser Welt, dabei erklärt die Wissenschaft nur, was möglich ist, während die Märchen auch das Unmögliche schildern. In der tiefen beruhigenden Tonlage eines Kontrabasses verkündete der Astrologe jedem sein Horoskop, sich dabei auf Koryphäen stützend wie Abu Ma'schar aus Chorasan mit seinem Werk ›De magnis conjunctionibus‹ und auf den Sonnen- und Mondkalender der sternenkundigen Fatima von Madrid an der berühmten Universität von Córdoba.

Nach dem ewigen Leben interessiert die Menschen nun mal am meisten die nahe Zukunft, die sich indes meist als wiederholte Vergangenheit herausstellt, allzu rasch wieder aus der Gegenwart verschwindet, um erneut als das Zukünftige präsentiert zu werden.

Gläubig lauschte man den wohlklingend verkündeten Wahrheiten der Sterne, wandelte mit dem Astrologen durch die zwölf Häuser des Himmels, durch das Haus des Lebens, des Glückes, des Reichtums und was es da sonst noch gab, erfuhr sein Schicksal durch den Stand der Planeten zum Meridian und durch die Ekliptik und war sehr beeindruckt von dieser neuen Verkündigung der Wahrheit.

Wer trotz allem immer noch ein Ungläubiger war, der ging zur Zigeunerin, eine anerkannte Wahrsagerin, die den Charakter eines jeden und sein Schicksal in der Kristallkugel erblickte, in den Linien der Hand, den Farben der Karten, denn die Karten lügen nicht, wie jeder wusste, und auf Wunsch pendelte sie auch.

Der Höhepunkt der allgemeinen Wahrheitssuche war aber eine Jungfrau in einem langen weißen Kleid, die die Augen nach innen drehen und sich selbst sehen konnte. Ihr Begleiter, der grüngeschminkt mit einem Strick um den Hals als Gehängter auftrat – aber das ist eine andere Geschichte –, erklärte, dass die Jungfrau in ihrem entrückten Stadium gegen einen bescheidenen Obolus eine wahre und eine falsche Geschichte erzähle, eine aus dem Paradies und eine aus dem Totenreich, wer die wahre Geschichte errate, verdoppele sein Geld.

Viele gaben dafür eine Münze, und die Jungfrau sah starr geradeaus, hob die Arme, als wolle sie fliegen, verdrehte die Augen, bis die Augäpfel nach innen sahen und die Zuschauer wie hypnotisiert nur noch auf das Weiß in ihren Augen starrten. Mit somnambuler Stimme sang sie in hohen und höchsten Tönen unverständliche Worte in endlosen girlandenhaften Windungen, vom Gehängten leise auf der Flöte untermalt. Da war von einem Garten Eden die Rede, der im Morgen und im Gestern liegt, von den Irrwegen der Toten, von einem Palast ohne Ausgang und Eingang und der rätselhaften Worte mehr.

Noch nie hatte einer die wahre Geschichte erraten. Der Gehängte bedauerte und steckte das Geld ein. Nur die Jungfrau mit den verdrehten Augen, die sich selbst sehen konnte, wusste, dass die Geschichten eine eigene Wahrheit sind, sonst würden sie ja nicht erzählt.

Am Ausgang dieses Labyrinths der unerfüllten Wünsche stand ein reisender Buchhändler, der sein Geld mit der Vernunft verdienen wollte. Mit einem Bauchladen sauber gedruckter und schön gebundener Bücher stand er zwischen Zirkusartisten, die hinter dem Markt vor einem Friedhof auftraten.

Da sie auf dem Jahrmarkt im Wettstreit der Glaubenssätze nicht mithalten durften, traten sie gleich da auf, wo sie einmal enden würden, vor dem mächtigen Friedhofstor der anständigen Leute. Sie selbst wurden auf Anordnung der Kirche wie die Theaterschauspieler nur bei Nacht in ungeweihter Erde bestattet, weshalb sie sich selbstbewusst und stolz in Kostüm und Maske beerdigen ließen.

So war es nicht falsch, dass auch der Buchhändler hier seine Autoren anbot, und um bei der allgemeinen Marktschreierei mitzuhalten, rief er ebenfalls laut seine Titel aus: ›Erasmus von Rotterdam, Das Lob der Torheit, Die Klage des Friedens, gedruckt bei Froben in Basel. Sebastian Brant, Das Narrenschiff. Lukian, Lügengeschichten. Horaz, Satiren. Thomas Morus, Utopia.‹ Doch weit und breit war kein Bücherkäufer zu finden, gab es einen Interessenten, so hatte er leider sein Geld schon auf dem Markt ausgegeben – für ein Buch, das die meisten sowieso für überflüssig hielten, reichte es nicht mehr. So stand der Buchhändler mit seinem Bauchladen allein, sortierte seine Bücher immer wieder neu, staubte sie ab, las darin, lachte zur Verwunderung der Umstehenden, lachte, ein alleinstehender Leser, der nur für sich lachte.

Neben ihm ließ ein Dompteur einen Hund im Kreis laufen, indem er ihm eine Wurst vorhielt.

Ein Zauberer ließ Zuschauer aus einem Kartenspiel eine Glückskarte ziehen, die immer dieselbe war.

Ein Hypnotiseur versetzte Menschen in Trance und weckte sie wieder auf, um sie wieder in Trance zu versetzen.

Ein Clown stolperte ständig über denselben Stein, fiel in ein Wasserbecken und wiederholte das den ganzen Tag.

Ein Pferd lief im Kreis, hob die Hufe, drehte sich, lief wieder im Kreis, hob die Hufe, drehte sich, lief wieder im Kreis.

Ein durch seine Gedanken wandernder Herr endete in der Erkenntnis, dass das Glück des Menschen von der Schöpfung nicht vorgesehen sei.

Der reisende Buchhändler stand immer noch allein mit seinem Bauchladen und las weiter in seinen Büchern, deren Worte auf diesem Markt nicht zu verkaufen waren.

Über dem Konzert der Stimmen, hoch über dem Markt, tanzte ein Seilläufer, nur gehalten von seiner Balancierstange, sah herab auf die Köpfe der Menschen, die zu ihm hinaufsahen, sah auf die Stadt wie auf ein gut bestelltes Feld, auf die Straßen, die immer die gleichen krummen Furchen zogen, auf die alten Häuser, deren Dächer sich wie Äcker ausbreiteten.

Das Seil war von einem Turm der Kathedrale über das Museum zur Bibliothek gespannt. Der Prediger betete, dass der Seilläufer, falls er stürze – was gewiss irgendwann geschehen werde, denn das da sei eindeutig gegen Gottes Wille –, in die Hölle der Bibliothek stürze, was ein schönes Gleichnis für den Sonntag ergäbe.

Der Bibliothekar setzte auf die klare und verständige Berechnung des Seilläufers, auf sein erlerntes Können und hoffte, falls dieser doch stürze, denn die Sache war zugegebenermaßen ungewöhnlich, in die Kathedrale stürze, was einen sehr hintersinnigen Essay für die Wochenendausgabe der hiesigen Zeitung ergäbe.

Der Kustos des Museums, den Realisten zugeneigt, meinte, dass der Mensch mit beiden Beinen auf der Erde stehen solle und nicht einfach so in den Lüften, schon das fragwürdige Auf-dem-Wasser-Wandeln sei ohne Holzplanken nicht denkbar, leichtgläubig Ertrunkene gab es genug, Abgestürzte ebenfalls. Man sollte das Wasser und die Lüfte den Fischen und Vögeln überlassen. Aber der Mensch liebt seine Kunststücke. Ein hübscher Untertitel für ein Bild, das noch zu malen wäre.

Ein unerwarteter Windstoß ließ den Artisten auf dem Seil etwas wanken, die Menschen hielten den Atem an, er ließ sich fallen, fing sich mit einer Hand, ein gut eingeübtes Kunststück, das den Schwierigkeitsgrad seiner Darbietung erhöhte und die herumgereichten Sammelteller füllte. Denn jede Kunst endet in dieser Welt in kleinen Münzen.

Der Atheist der Stadt, wie immer abseits des Trubels, sagte zu einer Schönen der Nacht, die an seinem Arm hing: ›Fällt er, ist es die verdiente Strafe Gottes. Fällt er nicht, ist es der unverdiente Segen Gottes. Entweder ein Menetekel oder nur ein Fehltritt. Was mich betrifft‹, sagte der Atheist, ›habe ich diesbezüglich so gar keine Meinung. Denn Gott ist lediglich die Erzählung von Gott, so wie die Welt nur die Erzählung der Welt ist.‹

Der Seiltänzer aber lief inzwischen – Sensation der Sensationen, die Zuschauer brachen sich Hals und Beine – ohne Seil weiter, stieg in die Wolken, warf sogar die Balancierstange ab, getragen von imaginären Klängen sang er ein Lied und tanzte auf den Noten über die Stadt hinaus, schwebte auf einer Musik, die überall war, die immer da war, auch wenn die Menschen sie nicht hörten. Die Harmonie der Welt in einer allumfassenden großen Fuge, die Vergangenheit, Gegenwart und Zukunft in die Ewigkeit der Musik verwandelte, in einen Kanon aus unaufhörlichen labyrinthischen Wiederholungen, in ein concerto grosso aus Sonaten, Menuetten, Sarabanden, Quadrillen, Mazurkas und Gassenhauern, eine Sinfonie aus Geigen, Trompeten, Posaunen, Flöten, Klarinetten, Oboen, Harfen und Orgelklängen.

Der Seiltänzer gab den Kontrapunkt, Basso ostinato, Basso continuo, drehte eine Pirouette, sang eine Aria, sah den schreibenden Autor, der von einem Maler gemalt wurde, sah sich als Teil dieses Bildes, das eine Geschichte war, die gerade erzählt wurde, so dass er nicht sagen konnte, ob er eine Figur in einem Bild oder Teil einer Geschichte war, eine Farbe oder ein Wort, denn alles geschah nur im Bild eines Malers, das in der Sprache des Autors erfunden wurde.

Der Seiltänzer trat auf eine falsche Note, stolperte, griff nach dem Violinschlüssel, verfehlte ihn, stürzte ohne Seil, ohne Netz, unter dem Beifall des Publikums, fiel kopfüber in die Realität, der Artist im Moment seines Absturzes, eine einmalige Darbietung, die von der Menge geliebt wurde.

Ein doppelter Boden öffnete sich, der Autor rettete

ihn, indem er in sein Manuskript schrieb: ›Ist gerettet‹, und ihn so im Netz seiner Sätze auffing, weil er die Artisten liebte, die die Kunst mit ihrem Leben verbanden, als Einzige ihr Leben auf die Kunst setzten, obwohl sie wussten, dass sie an irgendeinem Tag vor aller Augen in den Tod stürzen würden – Schicksal der Künstler.

Der Autor und der Maler

Der Autor als erfundene und erfindende Person sitzt in der Studierstube eines alten Bildes, das in der Zeit verlorenging und nur noch in der Beschreibung der Bücher existiert, einem labyrinthisch gemalten Polyptychon, das in seinen sich mehrfach überlagernden Perspektiven, ineinander verschachtelten Szenen und vielfachen Blickpunkten die den Menschen gesetzte Grenze von Zeit und Raum in einem einzigen Augenblick aufhob.

Von Büchern umgeben schreibt er in einer ledergebundenen Chronik aus früher Zeit, schreibt zwischen den Zeilen einer alten, farbig gedruckten Erzählung in schmalen Buchstaben seine Geschichte, setzt unter die ausgeschmückten Fragen vergangener Welten seine eigenen Fragen, weil erst die alten und die neuen Sätze, auf liebende Weise ineinander verschlungen, den Lesenden aus seiner Gewissheit befreien.

Vor einer Staffelei stehend, übermalt ein Maler diese Kopie, von einem Maler aus anderer Zeit dem Original nachempfunden, übermalt sie in einer anderen Perspektive, mit anderen Farben, wobei er Teile des Bildes stehenlässt, so dass sich das alte und das neue Bild zu einer ganz eigenen Collage verbinden, zu einem Kaleidoskop der Möglichkeiten.

Der Blick über die Stadt und die Landschaft in die

ferne Welt bleibt erhalten, was dem Autor gefällt, der gerne, von seinem Schreibtisch aufsehend, das Leben der Menschen vor Augen hat, weshalb auch die zur Welt offene Wand des Studierzimmers nicht nur eine Täuschung des Malers war, um innen und außen zu verbinden, sondern eine geistige Notwendigkeit, in dieser Vollendung nur durch die Kunst des Malens ermöglicht, in Worten schwer darstellbar.

DER MALER Erzähle eine Geschichte.

DER AUTOR Ich habe alle Geschichten erzählt.

MALER Erzähl mir eine erfundene Geschichte.

AUTOR Alle Geschichten sind erfunden.

MALER Auch die alten Geschichten?

AUTOR Auch die alten Geschichten.

MALER Erzähl mir trotzdem eine Geschichte.

AUTOR Es war einmal ein Geschichtenerzähler, ein Analphabet, der gegen klingende Münze – denn ein Geschichtenerzähler muss bezahlt werden – mit seiner hohen singenden Stimme Geschichten ohne Sinn erzählte. Wer einen Sinn in ihnen entdeckte, dem schenkte er ein Goldstück. Der Geschichtenerzähler zog von Stadt zu Stadt, von Markt zu Markt, und niemals musste er ein Goldstück zurückgeben.

MALER Eine Geschichte ohne Sinn?

AUTOR Er bestand darauf, dass Geschichten keinen Sinn haben dürfen. Geschichten mit einem vorgegebenen Sinn, mit einer vorgegebenen Wahrheit könne man sofort vergessen, ja man könne einfach weghören. Nur die sinnlosen Geschichten erzählten die Wahrheit vom Leben, das bekanntlich sinnlos sei, und alle

Versuche, ihm einen Sinn zu geben, seien bis zum heutigen Tage gescheitert. Morgen, ja morgen sage der Mensch, denn er hat Hoffnung, morgen habe das Leben vielleicht einen Sinn. Doch immer noch lausche er den sinnlosen Geschichten des Geschichtenerzählers und versuche herauszufinden, was wahr und was unwahr ist. Ein wiederum ganz sinnloses Unterfangen, denn die wahren Geschichten sind unwahr, und die unwahren Geschichten sind wahr. Da hilft uns keine Wissenschaft und keine Welterfahrung. Wir kennen die Wahrheit nicht, und wir werden sie nie kennen. Geschichten sind wie Zaubersprüche. Wenn sie wirken sollen, darf man sie gar nicht verstehen. Deshalb erfinden die Autoren ihre Geschichten, denn die erfundenen Geschichten sind die Welt, wahr oder unwahr, die Worte bleiben. Sie sind Wegmarken wie die Sterne am Himmel. Man kann sich danach richten.

MALER Im alten Ägypten sangen die Maler bei der Arbeit Zauberformeln, damit die Bilder nach den richtigen Normen geschaffen wurden und lebten, wenn man sie ansah. Deshalb wohl schmückten sie noch ihre Gräber mit bunten Szenen aus dem Leben, um in ihnen weiterzuleben.

DER AUTOR Um ein Bild zu sehen, bedarf es der Verneinung des Wirklichen. Ein Bild kann nicht zugleich das sein, wovon es ein Bild ist, sonst ist es kein Bild – Was soll dein Bild einmal darstellen?

DER MALER Wie antwortet der Maler dem Don Quichotte auf diese Frage: Das werde ich wissen, wenn es fertig ist.

DER AUTOR Das geht mir mit meinem Buch auch so. Alles ist immer nur ein erster Satz: In der dunklen Nacht wenn die Tage vorbei das Licht erloschen das Leben erzählt bleibt die Geschichte der Menschen das Wunder des Erschaffenen ein langes endloses Schreiben mit geschlossenen Augen in der dunklen Nacht.

DER MALER Deine Geschichte beginnt mit diesem Text.

DER AUTOR Ich fange noch einmal an. Ich erzähle alles noch einmal. Man muss es immer wieder neu erzählen.

DER MALER Alles noch einmal von vorne?

DER AUTOR Von der Schöpfung an.

DER MALER Die Schöpfung ist leicht, wie die Grundierung eines Bildes. Wie geht es weiter?

DER AUTOR Ja, wie geht es weiter? Und wie wird es enden?

DER MALER Mit neuen Bildern und neuen Büchern. Es ist immer die Sehnsucht nach dem paradiesischen Land Utopia. Jeder, der malt oder schreibt, ist auf der Suche danach.

DER AUTOR Ein Buch ist nur ein Webstuhl, der die Erzählungen der Lebenden wie Kette und Schuss zu einem Sprachmuster zusammensetzt, um ein Sinnbild in diesem ununterbrochenen Ablauf zu finden. Ein Bild mag bedeutender sein, größer, einmalig in seiner Weltdeutung. Ein Buch zeigt das Muster, das nie vollendet wird, Bruchstücke eines vergessenen Mosaiks. Nur ein Erzähler kann das alles noch einmal zusammenfügen, in der Erinnerung das Vergessene zusammenfügen, damit wir aufmerksam bleiben für die Wahrhaftigkeit, die in der Schönheit liegt und die der

Leitstern des Menschen sein sollte. – Vor kurzem entdeckte man in einem englischen Städtchen jahrhundertealte übermalte Bilder, und man fand heraus: Als mal wieder die Staatsreligion wechselte, gab die Regierung den Auftrag, alle alten Bilder zu vernichten. Ein Ratsherr musste diesen Beschluss ausführen und die Stadt von den Bildern säubern. Er war ein kluger Mann, er zerstörte die Bilder nicht, er ließ sie mit Kalk übermalen. Trotzdem, was vorher den Menschen vertraute bunte Szenen waren, die die Welt und das Paradies ausmalten, das waren jetzt nur noch die weißen Wände der Ratlosigkeit. Die Bilder waren nicht mehr in den Augen der Menschen, sie waren nur noch in der Erinnerung, und die verblasste, und irgendwann waren die Bilder ganz vergessen. Aber einer gab der Erinnerung Worte und erschuf eine Welt der Sprache, einer der als Kind gesehen hatte, wie sein Vater die Bilder übermalen musste. Er hieß Shakespeare und wurde ein Dichter, und wir alle sind in seiner Welt.

Der Autor sah weit über die Brücke auf den schweigenden Fluss, der dunkel und undurchdringlich vom Morgen zum Abend in die immer gleiche Richtung trieb, Teil einer unfassbaren, ununterbrochenen Bewegung, die man als Zeit erklärte, weil sie ewig war und unbegreiflich und das Leben des Menschen durch den Tod beendete.

Das Werk des Menschen stemmte sich gegen die ablaufende Zeit wie die Brücke gegen die Bewegung des Flusses, richtete sich gegen das Unerwartete, das Erschreckende, das sich nicht berechnen ließ. Seine Welt hatte ihre eigene Zeit, in Jahreszahlen eingefasst, unbewegt und festgegründet stand seine Ordnung im Licht der eigenen Vernunft und strebte nach der Ewigkeit.

Hinter der Brücke das Land, eine jahrtausendealte Ordnung, in unzähligen Generationen ruhig und beständig dem Kreislauf von Tag und Nacht folgend, sich nach der Sonne und den Sternen richtend, dem Ablauf von Frühjahr, Sommer, Herbst und Winter. Die wiederholte Wiederholung eines vorgegebenen Lebens, nach alten überlieferten Regeln von der Geburt zum Tod führend, eine immer gleiche Bewegung, die da war wie der Fluss und immer da sein würde wie der Fluss. Eine Geschichte des Vergangenen gab es nicht, weil das Vergangene auch das Zukünftige war, der Tag war der Tag und die Nacht war die Nacht.

Das war das weiterzugebende Leben, denn die Stadt war irgendwann nur noch vage Erinnerung, wie alle Städte, die es nicht mehr gab, nur noch das verfallene Denkmal einer kurzfristig geliehenen Zeit, die man anhielt, um sie zu genießen in ihrer starren Unbewegtheit. Zurück blieben Mauerreste und nackte Fundamente, Geröll und Sand, vom Wind verweht, vergessen wie Theben, Karthago, Ninive und all die anderen hochmögenden Kulturen, während das Land um sie herum bestand.

Eine tiefe Vernunft lag in dieser nach der Arbeit des Menschen ausgerichteten Ordnung, in der täglichen ausdauernden und schweigsamen Mühe, das Notwendige zu tun, im Nebel des frühen Morgens mit dem schweren Pflug zu pflügen, in der glühenden Sonne eines heißen Tages mit blitzenden Sensen das Korn zu ernten, dankbar gegenüber der Erde, die dem Menschen das Brot gab. Das Haus zu bauen mit Ställen und Speichern, die Bewässerungskanäle durch das Muster der Äcker und Wiesen zu legen, die Wege zu ihrem Ziel zu führen, dem Auf und Ab der Landschaft folgend, an den Feiertagen Feste zu feiern, die sich mit Geburt, Hochzeit und Beerdigung verbanden.

Menschen, die in ihrem Schweigen den Worten auf Papier nicht trauten, die ihre eigenen Bilder in dunklen Nächten auf die frischen Wände einer Kapelle oder eines Wirtshauses malten. Bilder, die sie wie ihre Erzählungen nie verstanden, die ihnen aber ihr Leben bedeuteten. Der Anfang, mit dem alles beginnt. Die beständige Wiedergeburt des Menschen.

Durch die Landschaft zog aber auch ein buntbemalter Karren, zwei große Räder drehten sich, davor ein alter Gaul. Ein seltsam unnützes Gefährt, darauf ein König mit goldener Krone, eine Königin in großer Robe, ein Engel mit weißen Flügeln, ein schwarzer verknöcherter Tod, ein Kaufmann mit seinem Kontorbuch, ein Soldat mit seiner Lanze, eine verlebte Schönheit mit ihrem Decolleté, ein verliebter Student mit vielen Doktorhüten, ein lachender Priester und und und – Eine Theatertruppe zog durchs Land, die nach Belieben alle Rollen in diesem Leben in den verschiedensten prachtvollen Kostümen darstellen konnte, Schauspieler, die es gewohnt waren, dass das Leben aus Auftritt und Abgang bestand, die wussten, dass alles nur Dekor, Kostüm und Maske war.

Eine fröhliche Narrenschar, die gegen alle Vernunft die Wahrheit im Spiel suchte, in wechselnden Rollen das Leben probte, in einer nie endenden Bewegung gegen die wiederholte Wiederholung anspielte.

Ein Schauspieler erhob sich und deklamierte vom fahrenden Karren herab einen Theatertext, die Worte blieben unverständlich, aber über dem Fluss war eine Stimme zu hören, die Stimme eines Menschen.

Der Autor bedankt sich

bei Monika Schoeller für ihre persönliche
Anteilnahme und Unterstützung
bei Jürgen Hosemann für seine humorvolle Langmut
und bei Martina Kuoni für ihre einfühlsame Mitarbeit

Inhalt